朝闻道

刘慈欣 等◎著

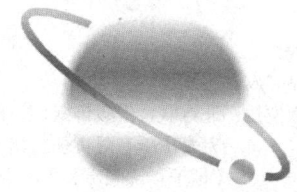

图书在版编目（CIP）数据

朝闻道 / 刘慈欣等著 . -- 沈阳：万卷出版有限责任公司, 2022.6（2025.1 重印）
ISBN 978-7-5470-5942-5

Ⅰ.①朝… Ⅱ.①刘… Ⅲ.①幻想小说 - 小说集 - 中国 - 当代 Ⅳ.① I247.7

中国版本图书馆 CIP 数据核字（2022）第 041716 号

出 品 人：	王维良
出版发行：	北方联合出版传媒（集团）股份有限公司
	万卷出版有限责任公司
	（地址：沈阳市和平区十一纬路 29 号　邮编：110003）
印 刷 者：	三河市九洲财鑫印刷有限公司
经 销 者：	全国新华书店
幅面尺寸：	145 mm × 210 mm
字　　数：	220 千字
印　　张：	8.125
出版时间：	2022 年 6 月第 1 版
印刷时间：	2025 年 1 月第 5 次印刷
责任编辑：	王　越
责任校对：	张　莹
装帧设计：	平　平
ISBN 978-7-5470-5942-5	
定　　价：	48.00 元
联系电话：	024-23284090
传　　真：	024-23284448

常年法律顾问：王　伟　版权所有　侵权必究　举报电话：024-23284090
如有印装质量问题，请与印刷厂联系。联系电话：0316-3170279

目录

001 **朝闻道** / 刘慈欣
宇宙的目的是什么

039 **新安魂曲** / 王晋康
宇宙掠影

105 **野猫山** / 张冉
轰炸东京

159 **胎动之星** / 叶星曦
"怀孕"的行星

211 **夏娲回归** / 王晋康
错乱时空

朝闻道 /刘慈欣

宇宙的目的是什么

朝闻道

一　爱因斯坦赤道

"有一句话我早就想对你们说了,"丁仪对妻子和女儿说,"我的心大部分都被物理学占据了,只能努力挤出一个小角落给你们。为此我很痛苦,但也实在是没办法。"

他的妻子方琳说:"这话你对我说过两百遍了。"

十岁的女儿文文说:"对我也说过一百遍了。"

丁仪摇摇头说:"可你们始终没能理解我这话的真正含义。你们不懂得物理学到底是什么。"

方琳笑着说:"只要它的性别不是女性就行。"

这时,他们一家三口正坐在一辆时速达 500 千米的小车上,行驶在一条直径 5 米的钢管中。这根钢管的长度约为 30000 千米,在北纬 45 度上绕地球一周。

小车完全自动行驶，透明的车厢内没有任何驾驶设备。从车里看出去，钢管笔直地伸向前方，小车像是一颗飞行在无限长的枪管中的子弹。前方的洞口似乎固定在无限远处，看上去针尖大小，一动不动。如果不是周围的管壁如湍急的流水飞快掠过，他们肯定觉察不出车的运动。在小车启动或停下时，可以看到管壁上安装的数量惊人的仪器，还有无数等距离的箍圈。当车加速起来后，它们就在两旁飞速地掠过，看不清了。丁仪告诉她们，那些箍圈是用于产生强磁场的超导线圈，而悬在钢管正中的那条细管是粒子通道。

　　他们正行驶在人类迄今为止所建立的最大的粒子加速器中。这台环绕地球一周的加速器被称为"爱因斯坦赤道"，借助它，物理学家将站在20世纪那个巨人肩上实现其最后的梦想——建立宇宙的大统一模型。

　　这辆小车本是加速器工程师用于维修的，现在被丁仪用来带着全家进行环球旅行。这趟旅行是他早就答应妻子和女儿的，但她们万万没有想到要走这条路。在这耗时60小时的环绕地球一周的旅行中，她们除了笔直的钢管什么都没看到。不过，方琳和文文还是很高兴和满足，至少在这两天多的时间里，全家人难得地聚在一起。

　　旅途并不枯燥，丁仪不时指着车外飞速掠过的管壁，对文文

| 朝闻道

说:"我们现在正在驶过蒙古国,看到大草原了吗?还有羊群……我们在经过日本,但只是擦过它的北角。看,朝阳照到积雪的国后岛(日称,俄称库纳施尔岛)上了,那可是今天亚洲迎来的第一抹阳光……我们现在在太平洋洋底了,真黑,什么都看不见。哦不,那边有亮光,暗红色的。嗯,看清了,那是洋底火山口,它涌出的岩浆遇水后很快冷却了,所以那暗红色的光一闪一闪的,像海底平原上的篝火。文文,大陆正在这里生长啊……"

后来,他们又在钢管中驶过了美国全境,潜过了大西洋,从法国海岸登上欧洲的土地,驶过意大利和巴尔干半岛,第二次进入俄罗斯,然后过里海回到亚洲,穿过哈萨克斯坦进入中国。现在,他们已走完最后的路程,回到了爱因斯坦赤道在塔克拉玛干沙漠中的起点——世界核子中心,这儿也是环球加速器的控制中心。

当丁仪一家从控制中心大楼出来时,外面已是深夜,广阔的沙漠静静地在群星下伸向远方,世界显得简单而深邃。

"好了,我们三个'基本粒子'已经在爱因斯坦赤道中完成了一次加速实验。"丁仪兴奋地对方琳和文文说。

"爸爸,真的粒子要在这根大管子中跑这么一大圈,要多长时间?"文文指着他们身后的加速器管道问。那管道从控制中心两侧向东西两个方向延伸,很快便消失在夜色中。

丁仪回答说:"明天,加速器将首次以它最大的能量运行。在其中运行的每个粒子,将受到相当于一颗核弹的能量的推动,加速到接近光速。这时,每个粒子在管道中只需十分之一秒就能走完我们这两天多的环球旅程。"

方琳说:"别以为你已经实现了自己的诺言,这次环球旅行是不算的!"

"对!"文文点点头说,"爸爸以后有时间,一定要带我们在这长管子的外面沿着它走一圈,看看我们在管子里面到过的地方,那才叫真正的环球旅行呢!"

"不需要。"丁仪对女儿意味深长地说,"如果你睁开了想象之眼,那这次旅行就足够了。你已经在管子中看到了你想看的一切,甚至更多!孩子,更重要的是,蓝色的海洋、红色的花朵、绿色的森林都不是最美的东西,真正的美,眼睛是看不到的,只有想象力才能看到。与海洋、花朵、森林不同,它没有色彩和形状。只有当你用想象力和数学把整个宇宙在手中捏成一团儿,使它变成一个你心爱的玩具,你才能看到这种美……"

丁仪没有回家。送走了妻女后,他回到了控制中心。中心只有几个值班工程师,在加速器建成以后的耗时两年的紧张调试后,这里第一次这么安静。

朝闻道

丁仪上到楼顶，站在高高的露天平台上。看到下面的加速器管道像一条把世界一分为二的直线，他心生了一种感觉：夜空中的星星像无数只眼睛，它们的目光此时都聚焦在下面这条直线上。

丁仪回到下面的办公室，躺在沙发上睡着了，进入了一个理论物理学家的梦乡。

他坐在一辆小车里，小车停在爱因斯坦赤道的起点。小车启动，他感觉到了加速时强劲的推力。他在 45 度纬线上绕地球旋转，一圈又一圈，像轮盘赌上的骰子。随着速度趋近光速，急剧增加的质量使他的身体如一尊金属塑像般凝固着。意识到这个身体中已蕴含了创世的能量，他感受到一种帝王般的快感。在最后一圈时，他被引入一条支路，冲进一个奇怪的地方。这里是虚无之地。他看到了虚无的颜色，虚无不是黑色，也不是白色，它无色彩，但也不透明。在这里，空间和时间都还是有待于他去创造的东西。他看到前方有一个小黑点，急剧扩大，那是另一辆小车，车上坐着另一个自己。他们以光速相撞后同时消失了，只在无际的虚空中留下一个无限小的奇点，这颗万物的种子爆炸开来，能量火球疯狂暴涨。当弥漫整个宇宙的红光渐渐减弱时，冷却下来的能量天空中，物质如雪花般出现了。一开始时是稀薄的星云，然后是恒星和星系群。在这个新生的宇宙中，丁仪拥有一个量子化的自我，可以在瞬间从宇宙的一端跃至另一端。其实他并没有跳跃,他同时存在于这两端,同时存在于这浩大宇宙中的每一点。他的自我像无际的雾气弥漫于整个太空,由恒星沙粒组成的银色沙漠在他的体内燃烧。他无所不在,同时又无所在。他知道自己的存在只是一个概率的幻影,这个多态叠加的幽灵渴望地环视宇宙,寻找那能使自己坍缩为实体的目光。正找着,这目光就出现了。它来自遥远太空中浮现出来的两双眼睛,出现在一道由群星织成的银色帷幕后面。那双有着长长睫毛的美丽的眼睛是方琳的,那双充满天真灵性的眼睛是文文的。这两双眼睛在宇宙中茫然扫视,始终没能觉察到丁仪这个量子自我的存在。波函数颤抖着,如微风拂过平静的湖面,但坍缩没有发生。正当丁仪陷入绝望之时,茫茫的星海扰动起来,群星汇成的洪流开始旋转奔涌。当一切都平静下来时,宇宙间的所有星星构成了一只大眼睛。那只百亿光年大小的眼睛如钻石粉末在黑色的天鹅绒上撒出的图案,正盯着丁仪。波函数在瞬间坍缩,如回放的焰火影片,他的量子自我凝聚在宇宙中微不足道的一点上。他睁开双眼,回到了现实。

是控制中心的总工程师把他推醒的。丁仪睁开眼,看到核子中心的几位物理学家和技术负责人围着他躺着的沙发站着,用看一个怪物的目光盯着他。

"怎么,我睡过了吗?"丁仪看看窗外,发现天已亮了,但太阳还未升起。

朝闻道

"不,出事了!"总工程师说。这时丁仪才知道,大家那诧异的目光不是冲着他的,而是由于刚出的那件事情。总工程师拉起丁仪,领着他向窗口走去。丁仪刚走了两步就被人从背后拉住,回头一看,是一位叫松田诚一的日本物理学家——上届诺贝尔物理学奖获得者之一。

"丁博士,如果您在精神上无法承受马上要看到的东西,也不必太在意。我们现在可能是在梦中。"这个日本人说。他脸色苍白,抓着丁仪的手在微微颤抖。

"我刚从梦中醒来!"丁仪说,"发生了什么事?"

大家仍用那种怪异的目光看着他。总工程师拉起他,继续朝窗口走去。当丁仪看到窗外的景象时,立刻对自己刚才的话产生了怀疑。眼前的现实突然变得比刚才的梦境更虚幻了。

在淡蓝色的晨光中,以往他熟悉的横贯沙漠的加速器管道消失了,取而代之的是一条绿色的草带,沿东西两个方向伸向天边。

"再去看看中心控制室吧!"总工程师说。丁仪随着他们来到楼下的控制大厅,又受到了一次猝不及防的震撼——大厅中一片空旷,所有的设备都消失得无影无踪,原来放置设备的位置也长满了青草,那草是直接从防静电地板上长出来的。

丁仪发疯似的冲出控制大厅,奔跑着绕过大楼,站到那条取代加速器管道的草带上。看着它消失在太阳即将升起的东方地平线处,在早晨沙漠寒冷的空气中,他打了个寒战。

"加速器的其他部分呢?"他向喘着气跟上来的总工程师问道。

"都消失了。地上、地下和海中的,全部消失了。"

"也都变成了草?!"

"哦不,草只在我们附近的沙漠上有,其他部分只是消失了。地面和海底部分只剩下空空的支架,地下部分只留下空隧道。"

丁仪弯腰拔起一束青草。这草在别的地方看上去一定很普通,但在这里却很不寻常。它完全没有红柳或仙人掌之类的耐旱沙漠植物的特点,看上去饱含水分,青翠欲滴。这样的植物只能生长在多雨的南方。丁仪搓碎了一片草叶,手指上沾满绿色的汁液,一股淡淡的清香飘散开来。丁仪盯着手上的小草呆立了很长时间,最后说:"看来,这真是梦了。"

这时,东方传来一个声音:"不,这是现实!"

二 真空衰变

在绿色草带的尽头,朝阳已升出了一半,它的光芒直刺向人们的眼睛。在这光芒中,有一个人沿着草带向他们走来。开始时,他只是一个以日轮为背景的剪影,剪影的边缘被日轮侵蚀,变幻

| 朝闻道

不定。

当那人走近些后,人们发现他是一名中年男子,穿着白衬衣和黑裤子,没打领带。再近些,他的面孔也可以看清了。这是一张兼具亚洲人和欧洲人面部特点的脸,这在这个地区并没有什么不寻常,但人们绝不会把他误认为是当地人。他的五官太端正了,端正得有些不现实,像极了某些公共标志上表示人类的一个图形符号。当他再走近些时,人们也不会把他误认为是这个世界的人了。他一直两腿并拢,笔直地站着,鞋底紧贴着草地飘浮而来。在距他们两三米处,来人停了下来。

"你们好,我以这个外形出现是为了我们之间能更好地交流。不管各位是否认可我的人类形象,我已经尽力了。"来人用英语说道,他的话音一如其面孔,极其标准且毫无特点。

"你是谁?"有人问。

"我是这个宇宙的排险者。"

来人回答中四个含义深刻的字立刻嵌入了物理学家们的脑海——"这个宇宙"。

"你和加速器的消失有关吗?"总工程师问。

"它在昨天夜里被蒸发了,你们计划中的实验必须被制止。作为补偿,我送给你们这些草,它们能在干旱的沙漠上以很快的速度生长蔓延。"

"可这些都是为了什么呢?"

"如果这个加速器真以最大功率运行,能将粒子加速到10的20次方吉电子伏特。这接近宇宙大爆炸的能量,可能给我们的宇宙带来灾难。"

"什么灾难?"

"真空衰变。"

听到这个回答,总工程师扭头看了看身边的物理学家们。他们都沉默不语,紧锁眉头思考着什么。

"还需要进一步解释吗?"排险者问。

"不,不需要了。"丁仪轻轻地摇摇头说。物理学家们本以为排险者会说出一个人类完全无法理解的概念,但没想到,他说出的这个东西,人类的物理学界早在20世纪80年代初就想到了,只是当时大多数人都认为那不过是一个新奇的假设,与现实毫无关系,以至于现在几乎被人遗忘了。

真空衰变的概念,最初出现在1980年《物理评论》杂志的一篇论文中,作者是西德尼·科尔曼和弗兰克·德卢西亚。早在这之前,狄拉克就指出,我们宇宙中的真空可能是一种伪真空。在那似乎空无一物的空间里,幽灵般的虚粒子在短得无法想象的瞬间出现又消失。这瞬息间创生与毁灭的话剧在空间的每一点上无休止地上演,我们所说的真空实际上是一个沸腾的量子海洋,这就使得真空具有了一定的能级。科尔曼和德卢西亚的新思想在于，他们认为某种高能过程可能会产生出另一种状态的真空。这种真空的能级比现有的真空低，甚至可能出现能级为零的"真真空"。这种真空的体积开始可能只有一个原子大小，但它一旦形成，周围相邻的高能级真空就会向它的能级跌落，变成与它一样的低能级真空。这就使得低能级真空的体积迅速扩大，形成一个球形。这个低能级真空球的扩张速度很快就能达到光速，球中的质子和中子将在瞬间衰变，使球内的物质世界全部蒸发，一切归于毁灭……

"以光速膨胀的低能级真空球将在 0.03 秒内毁灭地球，5 个小时内毁灭太阳系，4 年后毁灭最近的恒星，10 万年后毁灭银河系……没有什么能阻止球体的膨胀。随着时间的推移，整个宇宙都难逃劫难。"排险者说。他的话正好接上了大多数人的思维，难道他能看到人类的思想？排险者张开双臂，做出一个囊括一切的姿势，"如果把我们的宇宙看作一个广阔的海洋，我们就是海中的鱼儿。我们周围这无边无际的海水是那么清澈透明，以至于我们忘记了它的存在。现在我要告诉你们，这不是海水，是液体炸药，一粒火星就会引发毁灭一切的大灾难。作为宇宙排险者，我的职责就是在这些火星燃到危险的温度前扑灭它。"

丁仪说："这大概不太容易。我们已知的宇宙有 200 亿光年的半径，即使对于你们这样的超级文明，这也是一个极其广阔的空间。"

排险者笑了。这是他第一次笑,这笑同样毫无特点:"没有你想得那么复杂。你们已经知道,我们目前的宇宙,只是大爆炸焰火的余烬。恒星和星系,不过是仍然保持着些许温热的飘散的烟灰罢了。这是一个低能级的宇宙,你们看到的类星体之类的高能天体只存在于遥远的过去,在目前的自然宇宙中,最高级别的能量过程,如大质量物体坠入黑洞,其能级也比大爆炸低许多。在目前的宇宙中,发生创世级别的能量过程的唯一机会,只能来自于其中的智慧文明探索宇宙终极奥秘的努力。这种努力会把大量的能量聚焦到一个微观点上,使这一点达到创世能级。所以,我们只需要监视宇宙中进化到一定程度的文明世界就行了。"

松田诚一问:"那么,你们是从何时起开始注意到人类的呢,普朗克时代吗?"

排险者摇摇头。

"那么是牛顿时代?也不是?!不可能远到亚里士多德时代吧?"

"都不是。"排险者说,"宇宙排险系统的运行机制是这样的:它首先通过散布在宇宙中的大量传感器监视已有生命出现的世界,当发现这些世界中出现有能力产生创世能级的能量过程的文明时,传感器就会发出警报,我这样的排险者在收到警报后,将身临那些世界,监视其中的文明。但除非这些文明真要进行创世能级的实验,否则我们是绝不会对其进行任何干预的。"

这时,在排险者的头部左上方出现了一个黑色的正方形,约两米见方,仿佛现实空间被挖了一个深不见底的洞。几秒钟后,那黑色的空间中出现了一个蓝色的地球影像。排险者指着影像说:"这就是放置在你们世界上方的传感器拍下的地球影像。"

"这个传感器是在什么时候放置于地球上的?"有人问。

"按你们的地质学纪年,在古生代末期的石炭纪。"

"石炭纪?""那就是……3亿年前了!"大家纷纷惊呼。

"这……太早了些吧?"总工程师敬畏地问。

"早吗?不,是太晚了。当我们第一次到达石炭纪的地球,看到在广阔的冈瓦纳古陆上,皮肤湿滑的两栖动物在原生松林和沼泽中爬行时,真吓出了一身冷汗。在这之前相当长的岁月里,这个世界都有可能突然进化出技术文明。所以,传感器应该在古生代开始时的寒武纪或奥陶纪就放置在这里。"

地球的影像向前推进,充满了整个正方形。镜头在各大陆间移动,让人想到一双警惕地巡视着的眼睛。

排险者说:"你们现在看到的影像是在更新世末期拍摄的,距今37万年。对我们来说,几乎是在昨天。"

地球表面的影像停止了移动,那双眼睛的视线固定在非洲大陆上。这个大陆正处于地球黑夜的一侧,看上去是一个由稍亮些的大洋三面围绕的大墨块。显然大陆上的什么东西吸引了这双眼睛的注意。焦距拉长，非洲大陆向前扑来，很快占据了整个画面，仿佛观察者正在飞速冲向地球表面。陆地黑白相间的色彩渐渐在黑暗中显示出来，白色的是第四纪冰期的积雪，黑色部分很模糊，是森林还是布满乱石的平原，只能由人想象了。

镜头继续拉近，雪原占满了画面，显示图像的正方形现在全变成白色了，是那种夜间雪地的灰白色，带着暗暗的淡蓝。在这雪原上有几个醒目的黑点，很快便可以看出那是几个人影，接着可以看出他们都有些驼背，寒冷的夜风吹起他们长长的披肩乱发。图像再次变黑，一个人仰起的面孔占满了画面。在微弱的光线里无法看清这张面孔的细部，只能看出他的眉骨和颧骨很高，嘴唇长而薄。镜头继续拉近，这似乎已是不可能再近的距离，一双深邃的眼睛占满了画面，黑暗中的瞳仁里有一些银色的光斑，那是映在其中的变形的星空。

图像定格，一声尖厉的鸣叫响起。排险者告诉人们，预警系统报警了。

"为什么？"总工程师不解地问。

"这个原始人仰望星空的时间超过了预警阈值，已对宇宙表现出了充分的好奇，预警系统业已在不同的地点观察到了十起这样的超限事件，符合报警条件。"

| 朝闻道

"如果我没记错的话,你前面说过,只有当有能力产生创世能级能量过程的文明出现时,预警系统才会报警。"

"你们看到的不正是这样一个文明吗?"

人们面面相觑,一片茫然。

排险者露出那毫无特点的微笑说:"这很难理解吗?当生命意识到宇宙奥秘的存在时,距它最终解开这个奥秘就只有一步之遥了。"看到人们仍不明白,他接着说,"比如地球生命,用了40多亿年时间才第一次意识到宇宙奥秘的存在。但那一时刻距你们建成爱因斯坦赤道只有不到40万年,而这一进程中最关键的加速期只有不到500年。如果说那个原始人对宇宙的几分钟凝视是看到了一颗宝石,那么其后你们所谓的整个人类文明,不过是弯腰去拾起它罢了。"

丁仪若有所悟地点点头:"说起来,还真是这样,那个伟大的望星人!"

排险者接着说:"后来我就来到了你们的世界,监视着文明的进程,像是守护着一个玩火的孩子。周围被火光照亮的宇宙使这孩子着迷,他不顾一切地让火越烧越旺,直到现在,宇宙间已出现被这火烧毁的危险。"

丁仪想了想,终于提出了人类科学史上最关键的问题:"这就是说,我们永远不可能得到大统一模型,永远不可能探知宇宙的终极奥秘?"

科学家们呆呆地盯着排险者,像一群在最后审判日里等待宣判的可怜灵魂。

"智慧生命有多种悲哀,这只是其中之一。"排险者淡淡地说。

松田诚一声音颤抖地问:"作为更高一级的文明,你们是如何承受这种悲哀的呢?"

"我们是这个宇宙中的幸运儿。我们得到了宇宙的大统一模型。"

科学家们心中的希望之火又重新开始燃烧。

丁仪突然想到了另一种恐怖的可能:"难道说,真空衰变已被你们在宇宙的某处触发了?"

排险者摇摇头:"我们是用另一种方式得到大统一模型的,一时说不清楚,以后我可能会详细地讲给你们听。"

"我们不能重复这种方式吗?"

排险者继续摇头:"时机已过,这个宇宙中的任何文明都不可能再重复它。"

"那请把宇宙的大统一模型告诉人类!"

排险者还是摇头。

"求求你,这对我们很重要。不,这就是我们的一切!"丁仪冲动地去抓排险者的胳膊,但他的手毫无感觉地穿过了排险者的

朝闻道

身体。

"《知识密封准则》不允许这样做。"

"《知识密封准则》?"

"这是宇宙中文明世界的最高准则之一,它不允许高级文明向低级文明传递知识,我们把这种行为叫作'知识的管道传递',低级文明只能通过自己的探索来得到知识。"

丁仪大声说:"这是一个不可理解的准则。如果你们把大统一模型告诉所有渴求宇宙最终奥秘的文明,他们就不会试图通过创世能级的高能实验来得到它,宇宙不就安全了吗?"

"你想得太简单了,这个大统一模型只是这个宇宙的,当你们得到它后就会知道,还存在着无数其他的宇宙,你们接着又会渴求得到制约所有宇宙的超统一模型。而大统一模型在技术上的应用会使你们拥有产生更高能量过程的手段,你们会试图用这种能量过程击穿不同宇宙间的壁垒,不同宇宙间的真空存在着能级差,如此一来就会导致真空衰变,同时毁灭两个或更多的宇宙。知识的管道传递还会对接收它的低级文明,产生其他更直接的不良后果,甚至灾难,其原因大部分你们目前还无法理解,所以《知识密封准则》是绝对不允许违反的。这个准则所说的知识不仅是宇宙的深层秘密,还包括所有你们不具备的知识,假设人类现在还不知道牛顿三定律或微积分,我也同样不能传授给你们。"

科学家们沉默了。在他们眼中，已升得很高的太阳熄灭了，一切都陷入黑暗之中，整个宇宙顿时变成一个巨大的悲剧。这悲剧之大、之广，他们一时还无法把握，只能在余生不断地受其折磨。事实上，他们知道，余生已无意义。

松田诚一瘫坐在草地上，说了一句后来成为名言的话："在一个不可知的宇宙里，我的心脏都懒得跳动了。"

他的话道出了所有物理学家的心声。他们目光呆滞，欲哭无泪。就这样不知过了多长时间，丁仪突然打破沉默："我有一个办法，既可以使我得到大统一模型，又不违反《知识密封准则》。"

排险者对他点点头："说说看。"

"你把宇宙的终极奥秘告诉我，然后毁灭我。"

"给你三天时间考虑。"排险者说。他的回答不假思索，十分迅速，紧接着丁仪的话。

丁仪欣喜若狂："你是说这可行？"

排险者点点头。

三　真理祭坛

人们是这么称呼那个巨大的半球体的真理祭坛。它直径50米，

朝闻道

底面朝上,球面向下,矗立在沙漠中,远看像一座倒放的山丘。这个半球是排险者用沙子筑成的,当时沙漠中刮起了一阵巨大的龙卷风,风中那高大的沙柱最后凝聚成这个东西。谁也不知道排险者是用什么使大量的沙子聚合成这样一个精确的半球体的,但它强度很高,尽管球面朝下放置也不会解体。但这样的放置方式使半球体很不稳定,在沙漠中的阵风里,它明显在摇晃。

据排险者说,在他的那个遥远世界里,这样的半球体是一个论坛。在那个文明的上古时代,学者们就聚集在上面讨论宇宙的奥秘。由于半球体的不稳定性,论坛上的学者们必须小心地使自身均匀地分布,否则半球就会倾斜,上面的人就会滑下来。排险者一直没有解释这个半球体论坛的含义,人们猜测,它可能暗示了宇宙的非平衡态和不稳定性。

在半球的一侧,还有一条由沙子构筑的长长的坡道,通过它,人们可以从下面走上祭坛。在排险者的世界里,这条坡道是不需要的。在纯能化之前的上古时代,他的种族是一种长着透明双翼的生物,可以直接飞到论坛上。这条坡道是专为人类修筑的,他们中的三百多人将通过它走上真理祭坛,用生命换取宇宙的奥秘。

三天前,当排险者答应了丁仪的要求后,事情的发展令世界恐慌。在短短一天内,有几百人提出了同样的要求。这些人除了世界核子中心的科学家外,还有来自世界各国的学者。一开始只有物理学家,后来报名者的专业越出了物理学和宇宙学,出现了数学、生物学等其他基础学科的科学家,甚至还有经济学和史学这类非自然科学的学者。这些要求用生命来换取真理的人,都是他们所在学科的领军人物,是科学界精英中的精英,其中,诺贝尔奖获得者就占了一半。可以说,在真理祭坛前聚集了人类科学的精华。

真理祭坛的周围其实已经不是沙漠了,排险者在三天前种下的草迅速蔓延,草带已宽了两倍,不规则的边缘延伸到真理祭坛下面。在这绿色的草地上聚集了上万人。除了即将献身的科学家和世界各大媒体的记者外,还有科学家的亲人和朋友。两天两夜无休止的劝阻和哀求已使他们心力交瘁,精神都处于崩溃的边缘,但他们还是决定在这最后的时刻做最后的努力。与他们一同做这种努力的还有数量众多的各国政府代表,其中包括十多位国家首脑,他们也想竭力留住自己国家的科学精英。

"你怎么把孩子带来了?!"丁仪盯着方琳问。在他们身后,毫不知情的文文正在草地上玩耍,她是这群表情阴沉的人中唯一的快乐者。

"我要让她送你上路。"方琳冷冷地说。她脸色苍白,双眼茫然地平视远方。

| 朝闻道

"你认为这能阻止我?"

"我不抱希望,但能阻止你女儿将来像你一样。"

"你可以惩罚我,但孩子……"

"没人能惩罚你,你也别把即将发生的事伪装成一种惩罚。你正走在通向自己梦中天堂的路上!"

丁仪直视着爱人的双眼说:"琳,如果这是你的真实想法,那么你终于从最深处认识了我。"

"我谁也不认识,现在我的心中只有仇恨。"

"你当然有权恨我。"

"我恨物理学!"

"可如果没有它,人类现在还是丛林和岩洞中愚钝的动物。"

"但我现在并不比它们快乐多少!"

"但我快乐,也希望你能分享我的快乐。"

"那就让孩子也一起分享吧。当她亲眼看到父亲的下场,长大后至少会远离物理学这种毒品!"

"琳,把物理学称为毒品,你也就从最深处认识了它。看,在这两天你真正认识了多少东西!如果你早点理解这些,我们就不会有现在的悲剧了。"

首脑们在真理祭坛上努力地劝说排险者,让他拒绝那些科学家的要求。

美国总统说:"先生,我可以这么称呼你吗?我们的世界里最出色的科学家都在这里了,你真想毁灭地球的科学吗?"

排险者说:"没有那么严重,另一批科学精英很快会涌现并补上他们的位置,对宇宙奥秘的探索欲望是所有智慧生命的本性。"

"既然同为智慧生命,你就忍心杀死这些学者吗?"

"这是他们自己的选择。生命是他们自己的,他们当然可以用它来换取自己认为崇高的东西。"

"这个用不着你来提醒我们!"俄罗斯总统激动地说,"用生命来换取崇高的东西对人类来说并不陌生。在20世纪的一场战争中,我的国家就有2000多万人这么做了。但现在的事实是,那些科学家的生命什么都换不到!只有他们自己能得知那些知识,这之后,你只给他们10分钟的生存时间!他们追求终极真理的欲望已变成一种地地道道的变态行为,这你是清楚的!"

"我清楚的是,他们是这个星球上仅有的正常人。"

首脑们面面相觑,然后都困惑地看着排险者,他们不明白他的意思。

排险者伸开双臂,拥抱天空:"当宇宙的和谐之美一览无余地展现在你面前时,生命只是一个很小的代价。"

"但他们看到这美后只能再活10分钟!"

"就是没有这 10 分钟,仅仅经历看到那终极之美的过程,也是值得的。"

首脑们又互相看了看,都摇头苦笑。

"随着文明的进化,像他们这样的人会渐渐多起来的。"排险者指指真理祭坛下的科学家们说,"最后,当生存问题完全解决,当爱情因个体的异化和融合而消失,当艺术因过分的精致和晦涩而死亡,对宇宙终极美的追求便成为文明存在的唯一寄托,他们的这种行为方式也就符合了整个宇宙的基本价值观。"

首脑们沉默了一会儿,试着理解排险者的话。美国总统突然哈哈大笑起来:"先生,你在耍我们,你在耍弄整个人类!"

排险者露出一脸困惑:"我不明白……"

日本首相说:"人类还没有笨到你想象的程度,你话中的逻辑错误连小孩儿都明白!"

排险者显得更加困惑了:"我看不出这有什么逻辑错误。"

美国总统冷笑着说:"一万亿年后,我们的宇宙肯定充满了高度进化的文明。照你的意思,对终极真理的这种变态的欲望将成为整个宇宙的基本价值观,那时全宇宙的文明将一致同意,用超高能的实验来探索囊括所有宇宙的超统一模型,不惜在这种实验中毁灭包括自己在内的一切?你想告诉我们这种事会发生?"

排险者盯着首脑们长时间没有说话,那怪异的目光使他们不寒而栗。他们中有人似乎悟出了什么。

"你是说……"

排险者举起一只手制止他说下去，然后向真理祭坛走去。在那里，他用响亮的声音对所有人说："你们一定很想知道我们是如何得到这个宇宙的大统一模型的，现在可以告诉你们了。

"很久很久以前，我们的宇宙比现在小得多，而且很热，恒星还没有出现，但已有物质从能量中沉淀出来，形成弥漫在发着红光的太空中的星云。这时生命已经出现了，那是一种力场与稀薄的物质共同构成的生物，其个体看上去很像太空中的龙卷风。这种星云生物的进化速度快得如同闪电，很快产生了遍布全宇宙的高度文明。当星云文明对宇宙终极真理的渴望达到顶峰时，全宇宙的所有文明一致同意，冒着真空衰变的危险进行创世能级的实验，以探索宇宙的大统一模型。

"星云生物操纵物质世界的方式与现今宇宙中的生命完全不同。由于没有足够多的物质可供使用，他们的个体自己进化为自己想要的东西。在最后的决定做出后，某些个体飞快地进化，把自己进化为加速器的一部分。最后，上百万个这样的星云生物排列起来，组成了一台能把粒子加速到创世能级的高能加速器。加速器启动后，暗红色的星云中出现了一个发出耀眼蓝光的灿烂光环。

"他们深知这个实验的危险，所以在实验进行的同时，把得到的结果用引力波发射了出去。引力波是唯一能在真空衰变后存留下来的信息载体。

"加速器运行了一段时间后,真空衰变发生了。低能级的真空球从原子大小以光速膨胀,转眼间扩大到天文尺度,内部的一切蒸发殆尽。真空球的膨胀速度大于宇宙的膨胀速度,虽然经过了漫长的时间,最后还是毁灭了整个宇宙。

"漫长的岁月过去了,在空无一物的宇宙中,被蒸发的物质缓慢地重新沉淀凝结,星云又出现了,但宇宙一片死寂,直到恒星和行星出现,生命才在宇宙中重新萌发。而这时,早已毁灭的星云文明发出的引力波还在宇宙中回荡,实体物质的重新出现使它迅速衰减。但就在它完全消失以前,被新宇宙中最早出现的文明接收到,它所带的信息被破译,从这远古的实验数据中,新文明得到了大统一模型。他们发现,对于建立模型而言最关键的数据,是在真空衰变前万分之一秒左右产生的。

"让我们的思绪再回到那个毁灭中的星云宇宙。由于真空球以光速膨胀,球体之外的所有文明世界都处于光锥视界之外,不可能预知灾难的到来。在真空球到达之前,这些世界一定在专心地接收着加速器产生的数据。在他们收到足够建立大统一模型的数据后的万分之一秒,真空球毁灭了一切。但请注意一点:星云生物的思维频率极高,万分之一秒对他们来说是一段相当长的时间,所以他们有可能在生命的最后时刻推导出大统一模型。当然，这也可能只是我们的一种自我安慰。更有可能的是，他们最后什么也没推导出来。星云文明掀开了宇宙的面纱，但他们自己没来得及向宇宙那终极的美瞥上一眼就毁灭了。更为可敬的是，开始实验前他们可能已经想到了这种结果，但仍然决定牺牲自己，把包含着宇宙终极秘密的数据传送给遥远未来的文明。

"现在你们应该明白，对宇宙终极真理的追求，是文明的最终目标和归宿。"

排险者的讲述使真理祭坛上下的所有人陷入长久的沉思。不管这个世界中的人们对他最后的那句话是否认同，有一点可以肯定，它将对今后人类思想和文化的进程产生重大影响。

美国总统首先打破沉默："你为文明描绘了一幅阴暗的前景。难道生命在漫长进程中所有的努力和希望，都是为了那飞蛾扑火的一瞬？"

"飞蛾并不觉得阴暗，它至少享受了短暂的光明。"

"人类绝不可能接受这样的价值观！"

"这完全可以理解。在我们这个真空衰变后重生的宇宙中，文明还处于萌芽阶段，各个世界都有自己的生活方式，追求着不同的目标。对大多数世界来说，对终极真理的追求并不具有至高无上的意义，为此而冒毁灭宇宙的危险，对宇宙中大多数生命来说

| 朝闻道

是不公平的。即使在我们自己的世界中，也并非所有的成员都愿意为此牺牲一切。所以，我们没有继续进行探索超统一模型的高能实验，并在整个宇宙中建立排险系统。但我们相信，随着文明的进化，总有一天，宇宙中的所有世界都会认同文明的终极目标。其实，就是现在，就是在你们这样一个婴儿文明中，也已经有人认同了这个目标。好了，时间快到了，如果各位不想用生命换取真理，就请你们下去，让那些想这么做的人上来。"

首脑们走下真理祭坛，来到那些科学家面前，进行最后的努力。

法国总统说："能不能这样，把这事稍往后放一放，让我陪大家去体验另一种生活。让我们放松自己，在黄昏的鸟鸣中看着夜幕降临大地，在银色的月光下听着怀旧的音乐，喝着美酒想着心爱的人……这时你们就会发现，终极真理并不像你们想得那么重要，与你们追求的虚无缥缈的宇宙和谐之美相比，这样的美更让人陶醉。"

一位物理学家冷冷地说："所有的生活都是合理的，我们没必要互相理解。"

法国首脑还想说什么，美国总统已失去了耐心："好了，不要对牛弹琴了！你还看不出来这是怎样一群毫无责任心的人？还看不出这是怎样一群骗子？他们声称为全人类的利益而研究，其实只是拿社会的财富满足自己的欲望，满足他们对那种玄虚的宇宙和谐美的变态欲望，这和拿公款嫖娼有什么区别？"

丁仪挤上前来，拍拍他的肩膀，笑着说："总统先生，科学发展到今天，终于有人对它的本质进行了比较准确的定义。"

旁边的松田诚一说："我们早就承认这点，并反复声明，但一直没人相信我们。"

四　交换

生命和真理的交换开始了。

第一批8位数学家沿着长长的坡道走上真理祭坛。这时，沙漠上没有一丝风，仿佛大自然都屏住了呼吸。寂静笼罩着一切。刚刚升起的太阳把他们的影子长长地投在沙漠上，那几条长影是这个凝固的世界中唯一能动的东西。

数学家们的身影消失在真理祭坛上，下面的人们看不到他们了。所有的人都凝神听着，在死一般的寂静中，他们首先听到祭坛上传来排险者的声音，这声音很清晰。

"请提出问题。"

接着是一位数学家的声音："我们想看到哥德巴赫猜想的最后

| 朝闻道

证明。"

"好的,但证明很长,时间只够你们看关键的部分,其余用文字说明。"

排险者是如何向科学家们传授知识的,对后世的人类而言一直是个谜。在远处的监视飞机上拍下的图像中,科学家们都仰起头看着天空,而他们所望的方向上空无一物。一个被普遍接受的说法是:外星人用某种思维波把信息直接输入他们的大脑中。但实际情况比那要简单得多:排险者把信息投射在天空上,在真理祭坛上的人看来,整个地球的天空变成了一个显示屏,在祭坛之外则什么都看不到。

一个小时过去了,真理祭坛上有个声音打破了寂静:"我们看完了。"

接着是排险者平静地回答:"你们还有 10 分钟的时间。"

真理祭坛上隐隐传来了多个人的交谈声,只能听清只言片语,但能清楚地感受到那些人的兴奋和喜悦,像是一群在黑暗的隧道中跋涉多年的人突然看到了洞口的光亮。

"……这完全是全新的……""……怎么可能……""……我以前在直觉上……""……天啊,真是……"

当 10 分钟就要结束时,真理祭坛上响起了一个清晰的声音:"请接受我们 8 个人真诚的谢意。"

真理祭坛上闪起一片强光。强光消失后,下面的人们看到八个等离子体火球从祭坛上升起,轻盈地向高处飘升。它们的光度渐渐减弱,由明亮的黄色变成柔和的橘红色,最后一个接一个地消失在蓝色的天空中,整个过程悄无声息。从监视飞机上看,真理祭坛上只剩下排险者站在圆心。

"下一批!"他高声地说。

在上万人的凝视下,又有11个人走上了真理祭坛。

"请提出问题。"

"我们是古生物学家,想知道地球上恐龙灭绝的真正原因。"

古生物学家们开始仰望长空,但所用的时间比刚才数学家们短得多,很快有人对排险者说:"我们知道了,谢谢!"

"你们还有10分钟。"

"好了,七巧板对上了……""做梦也不会想到那方面去……""难道还有比这更……"

然后,强光出现了,又消失,11个火球从真理祭坛上飘起,很快消失在沙漠上空。

…………

一批又一批的科学家走上真理祭坛,完成了生命和真理的交换,在强光中化为美丽的火球飘逝而去。

一切都在庄严与宁静中进行。真理祭坛下面,预料中的生离死别并没有出现。全世界的人们静静地看着这壮丽的景象,心灵被深深地震撼了。

人类正在经历一场有史以来最大的灵魂洗礼。

一个白天的时间不知不觉过去了,太阳已在西方地平线落下了一半,夕阳给真理祭坛洒上了一层金辉。

物理学家们开始走向祭坛,他们是人数最多的一批,有86个人。就在这一群人刚刚走上坡道时,从日出一直持续到现在的寂静被一个童声打破了。

"爸爸!"文文哭喊着从草坪上的人群中冲出来,一直跑到坡道前,冲进那群物理学家中间,抱住了丁仪的腿,"爸爸,我不让你变成火球飞走!"

丁仪轻轻抱起了女儿,问她:"文文,告诉爸爸,你能记起来的让自己最难受的事情是什么?"

文文抽泣着想了几秒钟,说:"我一直在沙漠里长大,最……最想去动物园。上次爸爸去南方开会,带我去了那边的一个大大的动物园,可刚进去,你的电话就响了,说工作上有急事。那是个野生动物园,小孩儿一定要大人带着才能进去。我就只好跟你回去了,后来你再也没时间带我去。爸爸,这是让我最难受的事。在回来的飞机上,我一直哭。"

丁仪说:"但是,好孩子,那个动物园你以后肯定有机会去,妈妈以后会带文文去的。爸爸现在也在一个大动物园的门口,那里面也有爸爸做梦都想看到的神奇的东西,而爸爸如果这次不去,以后就真的再也没机会了。"

文文用泪汪汪的大眼睛呆呆地看了爸爸一会儿,点点头说:"那……那爸爸就去吧。"

方琳走过来,从丁仪怀中抱走了女儿,看着前面矗立的真理祭坛说道:"文文,你爸爸是世界上最坏的爸爸,但他真的很想去那个动物园。"

丁仪两眼看着地面,用近乎祈求的声调说:"是的,文文,爸爸真的很想去。"

方琳用冷冷的目光看着丁仪说:"冷血的基本粒子,去完成你最后的碰撞吧。记住,我决不会让你女儿成为物理学家的!"

这群人正要转身走去,另一个女性的声音使他们又停了下来。

"松田君,你要再向上走,我就死在你面前!"

说话的是一位娇小美丽的日本姑娘,她此时站在坡道起点的草地上,用一支银色的小手枪顶着自己的太阳穴。

松田诚一从那群物理学家中走了出来,走到姑娘的面前,直视着她的双眼说:"泉子,还记得北海道那个寒冷的早晨吗?你说要出道题考验我是否真的爱你。你问我,如果你的脸在火灾中被烧得不成样子,我该怎么办?我说,我将忠贞不渝地陪伴你一生。

朝闻道

你听到这回答后很失望,说我并不是真的爱你;如果我真的爱你,就会弄瞎自己的双眼,让一个美丽的泉子永远留在心中。"

泉子拿枪的手没有动,但美丽的双眼噙满了泪水。

松田诚一接着说:"所以,亲爱的,你深知美对一个人生命的重要。现在,宇宙终极之美就在我面前,我能不看她一眼吗?"

"你再向上走一步,我就开枪!"

松田诚一对她微笑了一下,轻声说:"泉子,天上见。"然后转身和其他物理学家一起沿坡道走向真理祭坛。

物理学家们走上了真理祭坛那圆形的顶面。在圆心处,排险者微笑着向他们致意。

突然间,映着晚霞的天空消失了,地平线的夕阳消失了,沙漠和草地都消失了。真理祭坛悬浮于无际的黑色太空中,这是创世前的黑夜,没有一颗星星。排险者挥手指向一个方向,物理学家们看到在遥远的黑色深渊中有一颗金色的星星。

它起初小得难以看清,后来这个亮点渐渐增大,开始呈现出一点面积和形状。他们看出那是一个向这里漂来的旋涡星系。星系很快增大,显露出它磅礴的气势。距离更近一些后,他们发现星系中的恒星都是数字和符号,它们组成的方程式构成了这金色星海中的一排排波浪。

宇宙大统一模型缓慢而庄严地从物理学家们的头顶移过。

....

当 86 个火球从真理祭坛上升起时，方琳眼前一黑，倒在草地上。她隐约听到文文的声音："妈妈，哪个是爸爸？"

最后一个上真理祭坛的人是史蒂芬·霍金。他的电动轮椅沿着长长的坡道慢慢向上移动，像一只在树枝上爬行的昆虫。他那仿佛已抽去骨骼的绵软身躯瘫陷在轮椅中，像一支在高温中变软且即将熔化的蜡烛。

轮椅终于开上了祭坛，走过空旷的圆面，最后来到了排险者面前。这时，太阳落下了一段时间，暗蓝色的天空中有零落的星星出现，祭坛周围的沙漠和草地模糊不已。

"博士，你的问题？"排险者问。对霍金，他似乎并没有表示出比对其他人更多的尊重。他面带毫无特点的微笑，听着博士轮椅上的扩音器发出的呆板的电子声音："宇宙的目的是什么？"

天空中没有答案出现。排险者脸上的微笑消失了，他的双眼中掠过了一丝不易觉察的恐慌。

"先生？"霍金问。

排险者仍是沉默。天空仍是一片空旷，在地球的几缕薄云后面，宇宙的群星正在浮现。

"先生？"霍金又问。

"博士，出口在你后面。"排险者说。

"这是答案吗?"

排险者摇摇头,"我是说你可以回去了。"

"你不知道?"

排险者点点头说:"我不知道。"这时,他的面容第一次不再是一个图形符号。一片悲哀的黑云笼罩在这张脸上,那样生动和富有个性,以至于谁也不会怀疑他是一个人,而且是一个最平常亦最不平常的普通人。

"我怎么知道?"排险者喃喃地说。

五　尾声

15年之后的一个夜晚,在已被变成草原的昔日的塔克拉玛干沙漠上,一对母女正在交谈。母亲40多岁,但白发已过早地出现在她的双鬓。从那饱经风霜的双眼中透出的,除了忧伤,就是疲倦。女儿是一位苗条的少女,大而清澈的双眸中映着晶莹的星光。

母亲在柔软的草地上坐下来,两眼失神地看着模糊的地平线,说道:"文文,你当初报考你爸爸母校的物理系,现在又要攻读量子引力专业的博士学位,妈都没拦你。你可以成为一位理论物理学家,甚至可以把这门学科当作自己唯一的精神寄托,但,文文,妈求你了，千万不要越过那条线啊！"

文文仰望着灿烂的银河，说："妈妈，你能想象，这一切都来自于 200 亿年前一个没有大小的奇点吗？宇宙早就越过那条线了。"

方琳站起来，抓着女儿的肩膀说："孩子，求你别这样！"

文文仍凝视着星空，一动不动。

"文文，你在听妈妈说话吗？你怎么了？"方琳摇晃着女儿。

文文的目光仍被星海吸引着，收不回来了，她盯着群星问："妈妈，宇宙的目的是什么？"

"啊……不，"方琳彻底崩溃了，又跌坐在草地上，双手捂着脸抽泣，"孩子，别……别这样！"

文文终于收回了目光，蹲下来扶着妈妈的双肩，轻声问道："那么，妈妈，人生的目的是什么？"

这个问题像一块冰，使方琳灼热的心立刻冷了下来。她扭头看了女儿一眼，然后望着远方深思。15 年前，就在她望着的那个方向，曾矗立过真理祭坛。再早些，爱因斯坦赤道曾穿过沙漠。

微风吹来，草海上泛起道道波纹，仿佛是星空下无际的骚动的人海，正向整个宇宙无声地歌唱着。

"不知道，我怎么会知道呢？"方琳喃喃地说。

新安魂曲 / 王晋康

宇宙掠影

| 朝闻道

一 "夸父号"飞船

"各位观众,现在是地球纪年 2083 年 12 月 15 日,北京时间早 7 点 30 分,"中央电视台最著名的主持人叶知秋用富有磁性的男中音沉缓地解说着,"人类历史上最伟大的探险活动——环宇宙航行马上就要开始了。屏幕上这艘形状奇特的飞船就是将进行环宇航行的'夸父号'。"

叶知秋是在一艘新闻飞船上做报道的,现在镜头对准了地球同步轨道上的"夸父号",它像一枚球果嵌在广袤的天幕上。镜头拉近,显示出"夸父号"的全貌——它的形状确实很奇特,端部是一个直径 300 千米,用高强度钨晶须编织成的收集网,形状和手电筒的反光镜类似,用以收集太空中游离氢原子,作为冲压式飞船的燃料。收集网后是一个巨大的球状容器,里面装着 1 万吨重水，它是飞船的屏蔽罩，因为对于近光速飞船来说，宇宙中到处都有的3K微波辐射会发生紫移，从而在行进前方形成对人有害的高能辐射。同时，重水又是飞船减速时——那当然是回程中的事了——所必需的能源，因为那时冲压式飞船收集氢燃料的能力会大大减弱。再往后是椭圆柱状的乘员舱，形状和棋子相近，乘员舱能绕中轴线旋转，以产生乘员们生活必需的1G重力。乘员舱外是一个异常巨大的圆环，那是太阳帆的桅杆，不过这会儿太阳帆还未张开。再往后就是尾喷管和侧喷管了。"夸父号"飞船是在同步轨道上组装的，也就是说，它不需要飞过大气层，因此不需要严格的流线型机身，这使它的外形看起来显得笨拙且粗糙。

叶知秋继续说："众所周知，这将是人类史上最悲壮的一次人类探险。从'夸父计划'开始立项，到飞船投入制造，时刻牵动着地球人的心。大部分人对计划的详情已十分了解，但我今天还想重复一下。'夸父号'飞船的使命是为了证实爱因斯坦的宇宙超圆体假说，这个假说认为宇宙是多维的，三维宇宙空间通过更高维数的折叠形成一个超圆体，如果我们在三维的宇宙中一直向外走，最终会通过超三维的空间而返回地球。

"各种理论上的验证都倾向于承认超圆体假说，现在人类将对它进行实践上的验证。当然，这趟旅行是十分漫长的。目前人类可观测的宇宙已达150亿光年，沿超圆体运行一周的路程将不少于数百亿光年。即使飞船一直以光速行进，它回到地球时也已经是数百亿年后了。那时，地球和太阳系肯定已不复存在，连宇宙本身也可能已经死亡，要知道，宇宙诞生至今也不过只有150亿年啊！"

全世界都在收视中国中央电视台的实况转播，全世界各处都回响着叶知秋苍凉深沉的声音，不少人因此热泪盈眶。

叶知秋是位老练的主持人，很快扭转了过于悲凉的气氛，笑着说："至于光速飞船上的乘员，根据相对论，他们的生命速率将大大减慢，因此，当他们返回这儿时，可能还不到40岁呢。我真羡慕他们，他们比天地更长寿！"他转回头指着"夸父号"继续介绍，"'夸父号'在临时乘员组的操纵下，在同步轨道上已停留了15天，所有部件已组装完毕，所有设施和货物也都就位了。现在它的巨大身躯旁有一艘服务飞船，'夸父号'正式乘员组就在这艘服务飞船上。两艘飞船已开始对接，乘员组将登上'夸父号'飞船，随后它就要点火启程。"

服务飞船已开到"夸父号"的中部，缓缓伸出对接舱口，与"夸父号"的对接口密合，又打开密封门，搭建起一条通道。趁这当儿，叶知秋向国外观众介绍了"夸父"这个名字的含义：

"夸父是中国神话中一位英雄，一位失败的英雄，可能因为这个原因，神话中关于他的记载也很简短。'夸父逐日，道渴，北饮大泽，大泽不足，饮于河渭……遂死，弃杖于地，化为桃林。'"

他提高嗓音继续说道,"失败的夸父一直是华夏民族探索精神的象征。把这艘飞船命名为'夸父号',表达了乘员们视死如归的精神,但我们希望他们能平安归来!"

小小的服务飞船内其实十分宽敞,近百名人类代表在为英雄们送行。这儿有中国国家主席的代表,联合国秘书长的代表,各国驻华使节,还有乘员的家属。服务飞船内鸦雀无声,在这个时刻,什么话语都显得分量太轻。他们默默地看着甬道尽头。

第一位乘员在甬道口出现了。他没有穿太空服,是一位十几岁的男孩儿,额头很高,脸上稚气未脱,表情则是超出年龄的严肃。叶知秋介绍道,这一位是船长谢晓东,今年16岁——为了尽可能延长乘员在飞船上的生活年限,乘员的年龄要尽量年轻。谢晓东身高1.78米,体重60公斤,智商170,获得过哲学、语言学、数学、天文学、天文物理学、天文化学、医学、心理学等14个博士学位。现场听众中爆发出热烈的欢呼声。他们中有不少是环宇探险的铁杆支持者,"夸父号"乘员简直是他们心中的神灵。飞船上的气氛十分凝重,谢晓东首先同家人拥别,他的爷爷奶奶和父母都热泪盈眶,但都克制着,并没有哭出声。谢晓东同他们依依告别,继续同送行人默默拥抱:满头银发的国家主席代表,联合国秘书长代表,俄罗斯驻华大使,美国驻华大使……拥抱后,他们都对他致以简短的祝福。

第二位乘员出现在甬道口。是一位同样年龄的女孩儿，大眼睛，眼窝较深，穿着无袖连衣裙。叶知秋介绍说，她叫狄小星，16岁，身高1.65米，体重52公斤，智商170，也获得了14个博士学位。她还是谢晓东的未婚妻，人类之脉将在"夸父号"飞船里延续。

狄小星也同送行人默默拥抱。她的母亲克制不住了，痛哭起来，泪珠凝成圆圆的珠子，缓缓向下坠落。这里的重力已很微弱，每个人的动作看上去都轻飘飘的，给人以虚幻感。狄小星同母亲多拥抱了一会儿，在她耳边低声劝说着，然后继续前行，默默同他人拥抱。

两名乘员走过送行人群，在对接舱口处停下等待着。叶知秋提高声音说道：

"下面是令人振奋的一幕，经过有关方面反复磋商，迟至昨天才同意了谢晓东和狄小星的提议，决定让此次环宇宙探险的创意者——88岁高龄的周涵宇先生作为'夸父号'的第三名乘员，周先生走过来了！"

一个羸瘦的老人出现在甬道口。

听众沸腾了。"让周先生上飞船"早就成了一个口号，不少人为他大声疾呼。他们说，周先生14岁即提出环宇探险的动议，74年矢志不渝，呕心沥血，终于使它成了现实。他完全有权在飞船上占一个位置。反对的人也不少,他们主要从人道主义立场考虑,说把 88 岁的老人送上一条不归路,恐怕过于狠心。周涵宇本人从未表态,他当然乐意上飞船,如果能死在太空,那是他最大的荣幸,但他不愿意成为年轻人的累赘。这个争论到现在才有了结果。

地球上的听众都欢呼着,甚至包括这件事的反对派。

老人步履蹒跚地走向送行者。他的脸上皱纹纵横,长有不少老年斑,胳膊上的皮肤暗黄松弛,但他的脸上洋溢着无上的光辉,眼睛中燃烧着永恒的激情!他先同儿子拥抱,两人的拥抱多少有些生硬,因为他和儿子的关系一直是比较淡漠的,他怀着歉意,加大了拥抱的力度。

送行者依次同他拥抱,在深深的敬意中多少带着一些悲凉,毕竟他已经是 88 岁的老人了!昨天,在决定做出之后,太空署还匆忙为飞船准备了太空葬的器具。不过,从他本人近乎陶醉的幸福感来看,这个决定是正确的,对于一个以环宇探险为终极目标的人来说,太空是最好的归宿。

三名乘员向大家挥手告别,进入对接甬道。送行者也频频挥手,但没有说再见。不可能同他们再见了!这一点没有任何疑问。

"夸父号"的临时船长在甬道口迎接,他们互致军礼后紧紧拥抱,临时船长做了简单的交接,带着三名临时船员走进甬道,对接舱口缓缓关闭。服务飞船驶离"夸父号",停留在 50 千米外,

| 朝闻道

等待"夸父号"点火。

谢晓东坐上船长位,开始操作,尾喷管喷出橘黄色的火焰,"夸父号"缓缓脱离同步轨道,向外太空飞去。在尾喷管点火的刹那,地球上响起几十种语言的欢呼声,礼炮齐鸣,焰火照彻大地。"夸父号"很快脱离了地球重力。这时船上的太阳帆张开了,几百块巨大的帆页组成一个更为巨大的环形船帆,由电脑自动控制着角度。太阳光的压力经船帆汇聚,变成飞船的动力。从远处看去,飞船就像一只巨大的半透明的水母。

飞船又沿地球轨道飞了一圈,熟悉的地球景色从舷窗外闪过,蔚蓝的海洋,白雪皑皑的高山,黄色的沙漠。当飞船背向太阳时,则是璀璨的万家灯火,不少城市在飞船经过的瞬间燃放了绚烂的烟花,将城市装扮成童话的世界。

三人在心中喊着:永别了,亲爱的老地球,生机盎然的老地球。

飞船沿切向向月球飞去,在那儿要做一次小小的重力加速。尽管月球上已建立了几个地面站,但总的说来仍是蛮荒一片。环形山和月球尘占据了整个视野,没有一点宜人的绿色和天蓝色。乘员们默默看着月球的地貌,从今天起,就要终生与这样的蛮荒相伴了。飞船沿月球飞出一个很陡的抛物线,飞过月球的白天和黑夜。小谢从船长位回过头,指着左前方,简短地说道:"万户山。"

这是以中国人命名的一座环形山。万户,世界上第一个试图离开地球的人。他曾在一张椅子上绑上数百支爆竹，同时点燃，想借火药的反冲力上天。结果爆竹爆炸，他不幸身亡。想来，他在当时肯定被看作一个疯子，遭人耻笑，不过正是这样的疯子推动了历史的发展。

飞船正式开始了太空之旅，太阳帆已经产生了 1G 的加速度，所以飞船内恢复了正常的重力环境。电脑图林先生接过飞船的指挥权，晓东和小星离开驾驶舱，跑到周老的身边。这会儿，他们都卸去了"大任在肩"的庄重，又变成了 16 岁的少男少女。他们喊着"周先生，周爷爷，我们总算把您拽到飞船上了！"

老人衷心地说："谢谢，谢谢，孩子们，我要给你们添麻烦了。"

"不要这样说嘛，周爷爷，您是夸父行动的创始人，完全有权做它的乘员。您也是我们俩的心理依靠，有您在身边，我们就放心啦。"

老人笑着说："我只是一个老废物。我没有拿到一个博士学位，而你们拿到 14 个！不过，我真的高兴能来到'夸父号'飞船，这是我毕生的梦想。"

"您努力了 74 年，才把它变成现实。"

"是啊，74 年的梦想，74 年的努力啊！"

窗外是暗淡的天幕，飞船尾喷管的火焰熄灭了，冲压发动机还未起动，只有太阳帆在起作用。飞船的速度很慢，衬着广袤荒漠的天幕，显得很小，就像一只生命力脆弱的小甲虫。74年了，环宇航行是周老一生唯一的信仰，他为此耗尽了心血，曾被世人讥为异想天开的疯子。今天设想终于变成了现实，即使他立即倒地死去，他也会含笑九泉的。

二　少年激情

74年前，即2009年，北京奥运会刚刚结束，奥运所燃起的激情还在人们心中燃烧。这一年里，国际科幻大会又在北京开幕，这同样是一个激情燃烧的会议。

大会在中国科技会堂召开，中国科协副主席、航天专家曾郁参加了大会。会议结束后，他在记者的簇拥下走出会议室，不时停下来，同熟人交谈几句。这时，一个黑瘦的男孩儿在门口拦住他。

男孩儿就是74年前的少年周涵宇，他生于河南南阳镇平，一个多山的小县城，家境贫寒。他不是会议代表，是凑够了路费，自费来参加会议的。小涵宇衣着朴实，身形瘦削，一双眼睛像燃烧的煤块。他不善于和大人物打交道，略带口吃，急迫地说："曾爷爷，耽误您一点儿时间，可以吗？我有一份最伟大的构思要同您探讨。"

最伟大的构思?曾郁好奇地看着这个窘迫的但说话极为自信的孩子,慈爱地说:"好,你说吧。"

孩子皱皱眉头:"这个构思不是一两分钟能说完的,恐怕得一个半小时。"

曾郁看看秘书,秘书立即插进来委婉地解释:"曾主席很忙的,这样吧,把你的构思写成书面材料交给我,好吗?"男孩儿不说话,倔强地看着曾郁。曾郁心中忽然一动。他担任科幻协会副主席已三年了。这纯粹是一个礼仪性的工作,他不过是迎来送往,开会时戳在那儿装装门面,哪儿能忙得抽不出一个半钟头呢。秘书的阻挡不过是官场的规矩。曾郁拦住了秘书,爽快地说:"好,我们谈他一个半小时。"

这次谈话不在会议安排之中,秘书匆忙安排了一个小会议室。屋内的沙发庄重典雅,黑漆桌面光可鉴人,周围墙上挂着达·芬奇、伽利略等几位科学伟人的画像。小涵宇还没有进过这么高级的房间,他小心翼翼地把自己安顿在沙发里。服务员送来咖啡和水果,曾郁笑着问了他的名字,说:"开始吧。"

谈话一开始,小涵宇就找回了自信,他开门见山地说:"曾爷爷,我认为环宇探险该提上议事日程了,该提上中国领导人的议事日程了。"

"什么探险?"

| 朝闻道 _____.

"环宇探险,环绕宇宙的探险。"

曾郁惊奇地看看他,在这一刹那,他甚至猜想对方是不是神经病。不过显然不是,孩子言谈极有条理,双目炯炯发光,那儿燃烧的是理智的激情而不是疯狂。小涵宇早料到听话者的反应,为了这次谈话,他整整准备了一年,现在,他立即展开话题,滔滔不绝地说着。他的雄辩慢慢地打动了曾郁。当然,他不会信服这个荒诞的设想,但至少要听这个孩子谈完,听他究竟说些什么。

这正是小涵宇要达到的初步目的。

他抓紧时机,一层一层地展开自己的阐述。他的阐述条理清晰,可以分为以下几层内容:

1. 爱因斯坦的"宇宙超圆体假说"是环宇探险的理论基础,早在20世纪30年代,爱因斯坦就提出了这个假说。他认为,宇宙三维空间在更高的维度中翘曲、封闭,形成了一个超圆体。你的目光如果能超越数百亿光年,那么,你一直向宇宙外面看去——就会看见自己的后脑勺。同理,一艘一直向外宇宙飞的飞船,最终将返回起点。这种高维度空间不大好理解,但如果做个类比就清楚了:人类曾认为地球是平坦的,一直向前走就会走到天尽头,绝不会返回原处。但实际上,平的地面在超二维的空间翘曲、封闭,形成了球面。现在谁都知道,一架一直向东飞的飞机,最终会回到自己的起点。

他说,"宇宙超圆体"假说在理论研究中已基本被认可,现在需要做的是去证实它,就像麦哲伦去证实"地球是一个球体"那样!

曾郁看看秘书,秘书不安地扭动着——他认为这孩子简直在说梦话,神经不大正常。如果这次会面传了出去,曾主席会被人暗地讥笑的。他低声咳嗽着,暗示曾主席该抽身了。曾郁知道秘书的用意,但他犹豫着没有说话。无疑,这个男孩儿是个痴狂的科幻迷,他把对科幻的激情错用到实际生活中,但那个男孩儿目光中有某种东西使他不忍心结束谈话,那是信念,是强烈的信念。有了这样的信念,再平庸的人也会变得闪闪发光。

曾郁是个航天专家,但他是技术方面的专家,对于宇宙超圆体之类比较玄虚的理论,只在青少年时期接触过。今天,他想干脆一直听到底,看看这个男孩儿还能说些什么。他拍拍秘书的肩膀,示意他少安毋躁,然后饶有兴趣地说:"嗯,说下去。"

男孩儿受到鼓舞,阐述也更有激情。他说:"一般人即使承认宇宙超圆体假说,也会把环宇航行看成十分遥远的事,要几万年、几十万年后才能实现。实际上,空间技术的发展已经非常接近这道门槛了。"

曾郁不免失笑，如果说到具体的空间技术，这正是他的专业，他可从没意识到这道什么门槛。且听他怎么阐述吧！

男孩儿说："目前的宇宙飞船不能进行远程航行，主要是因为全部燃料要自带，燃料量毕竟是有限的，而且，绝大多数能量浪费在对燃料本身的加速上。不过，目前已经有了三种不带燃料的飞行方式，它们从技术上都已经接近于突破。如果从现在开始努力，百十年内就能达到实用。它们就是光帆式飞船、冲压式飞船和借星体进行重力加速。曾老，您是专家，我说得不错吧？"

曾郁当然知道这几种方法，不过，除了第三种，前两种基本还属于科幻范畴，他不想破坏孩子的兴致，点点头："嗯，说下去。"

"光帆式飞船就是利用光压产生动力。太空中基本没有重力，没有阻力，所以即使是非常微弱的光压，只要永远作用，也能使飞船达到极高的速度。从目前材料工业的水平看，制造既轻又薄又结实的光帆已没有问题。"

"嗯，冲压式呢？"

"冲压式飞船是利用收集网收集太空中极稀薄的氢原子（大约每立方厘米一个），把它作为氢聚变的燃料进行飞行。受控核聚变技术估计在50年内就会出现突破，正好来得及用到冲压式飞船上。当然，这个收集网十分庞大，其直径至少要数千千米。不过科学家已想出办法,即用电离炮先把前方的氢原子电离,再用直径300千米的磁力罩去收集,这在技术上已经可以达到了。冲压式飞行有一个好处:飞船速度越高,收集效率也就越高,它基本可保证飞船达到1G的加速度。"

"嗯,第三种呢?"

"第三种就是从恒星体的重力场内窃取能量,这已在多艘飞船,如'先锋13号'上使用了。而且,飞船的速度越快,旅途中出现的星体就越频繁,可借用能量的机会越多。特别是一些密近双星,像中子星、白矮星,它们的重力场极强,可使飞船达到数万G的加速度。而且和别的加速方法不同,在重力加速过程中,乘员处于自由落体状态,即乘员本身并不承受加速度,不会因数万G的加速度而丧命!还有一点优势呢,随着飞船趋近于光速,飞船的质量会急剧增大,这时其他的加速方式效率都会大大降低,但重力加速方式则会'水涨船高',因为它的加速效应本身就和质量有关。"

男孩儿说累了,稍稍停顿一下。他一直很拘谨,没有动面前的咖啡,这会儿忘了客气,抓住咖啡杯一饮而尽。曾郁示意秘书唤来服务小姐,又倒了一杯。男孩儿红着脸,低声说了一句"谢谢"。曾郁对他十分感兴趣,显然,这个从县城来的男孩儿性格拘谨,不善交际,没有北京男孩儿的从容大度,但只要一说起环宇飞行,他立马像换了一个人,意态飞扬,妙语连珠!曾郁是个过来人，他想，小涵宇将来是能成大事的，因为他已具备了最重要的条件：对某个目标的痴迷。

而且，男孩儿的分析不无道理，尽管一般人常把远距离宇宙航行看成十分遥远的事，但静下心来分析，技术上的难点确实可望在百年内解决——只要从现在起就把它定为必须实现的目标。男孩儿没提到远距离旅行中的生命保障系统，即物质的封闭循环系统，其实，这个问题也接近突破了。但是，远距离太空旅行和环宇航行毕竟还不是一回事，后者可是几百亿光年的旅程！这个男孩儿的野心未免太大了。

男孩儿喝了咖啡，静了静气，继续着他的分析："还有一条是人的寿命限制——几百亿光年的旅程，人的寿命却只有几十年！实际上，这却是最容易解决的问题。根据相对论，近光速飞船上的时间要大大减慢。我已做过计算，如果飞船能基本维持在 $0.5G \sim 1G$ 的加速度范围内，飞船在 $10 \sim 15$ 年内就会非常逼近光速，这时，飞船上的时间速率只有正常时间的十五亿分之一。所以，飞船上的乘员绝对可以在 30 年内完成数百亿光年的旅行！喏，这是我的计算。"

他从书包里掏出一张纸，上面密密麻麻地打印着计算过程。曾郁接过来，大致扫了几眼。他的计算没错，对于计算前提的假设也基本合理。曾郁又一次受到震动。他当然清楚爱因斯坦的相对论,但他从未认真想过,相对论能导出这样一个结果——30年环游宇宙!这与人们的认知有太大的反差。

小涵宇很高兴,自己的发言看来已征服了曾郁,他一年的准备总算没有白费。他下面的阐述就属于扫尾性质的了。他认为:环宇航行还有一个最大的技术难点就是飞行的定向,即怎样才能一直向"外"飞,而不会在中途转向,以保证飞船精确地返回起点——地球。但是,相信一百年后的计算机能根据星座图处理这件事。再一个难点是经费,据他估计,环宇航行的实现要投入500亿元。这当然是一笔十分庞大的投入。"但是,"他诚恳地说,"这笔钱值得!中国的国力已经很强大了,百年之后,国内生产总值估计要达100万亿元。而且,500亿元是在百年之内逐次投入,每年开支只占当年国内生产总值的很小一部分。曾爷爷,我总觉得中国人对世界文明的贡献还可以多一些,我们不崇尚冒险,在历史上错过了很多机遇。"

他结束了他的布道式发言,急迫地盯着曾老,等待他的回答。

曾郁确实很感动,一个县城的十几岁男孩儿竟有这么博大宽广的胸怀,这么宏伟的设想!从某种意义上说,这也代表一个民族向上的心态。不过,作为一个严谨的技术专家,他不会这么轻易被说服。只能说,孩子的大体构思是正确的,但其中还有不少粗疏之处,而任何一处忽略的难点都有可能耽误上百年的进程。比如,飞船舱内大气的漏泄问题。再好的密封系统也会出现轻微

朝闻道

的漏泄,去月球完全可以忽略这一点,但对于处在长期飞行状态的飞船来说,这是个很严重的问题,因为飞船一旦离开地球,就不会再有氧气的补给。他思索一会儿,单刀直入,点出了最关键的问题:

"孩子,你的构思很宏伟,设想也比较全面,不过……你已说过,这是一个长达数百亿光年的旅程,即使是光速飞船也要耗费数百亿年。你也说过,光速飞船的乘员可以在30年内完成环宇航行——但飞船外的人呢?他们仍拥有正常的时间。几百亿年后,我想太阳系和地球肯定已毁灭了吧,估计宇宙也灭亡了。那时,探索飞船如何回来?回到哪儿?如果他们只能回到正在走向热寂的宇宙,这样的航行有什么意义呢?"

小涵宇对这个诘问胸有成竹,目光炯炯地看着老人,答道:

"我研究过麦哲伦环球旅行的历史。据史书记载,麦哲伦的决心和信念完全基于一份错误的地图,那张图在南纬52度上画了一条根本不存在的海峡。他原想经过这道海峡完成环球航行,后来才知道那只是一条大河的入海口。但麦哲伦很幸运,他终于找到了一条真正的海峡,越过美洲,进入太平洋,完成了环球航行。纵观人类历史,理论常常落在探险和探索之后。现在去说宇宙的热寂还为时过早,不如横下心来去干这件事,再观察它到底带来什么后果。而且,即使宇宙热寂说是正确的——为什么不放一条光速飞船去逃生呢？宇宙中有各种各样的星体，有主序星、行星、白矮星、中子星、类星体、黑洞，但没有一个实体能达到光速。能达到光速的只有光子和中微子，它们的寿命是无限的。如果我们能用人工的方法造出一个非常接近光速的实体，也就赋予它几乎无限的寿命，说不定它能活过宇宙热寂，把文明播到下一个宇宙呢。想想看，即使不考虑环宇航行，单单光速飞船本身，也值得我们做下去。"

曾郁再次对他另眼看待。这个貌不惊人的男孩儿，心胸竟这样开阔，甚至可以说他已经超越了人类功利的生命境界，立足于宇宙文明之上了。当然，曾郁不是赞同他的观点，至少说，要谈光速实体，在21世纪恐怕太早了。曾郁爽朗地笑着说："与君一席谈，胜读十年书，我很高兴今天能认识你这位小朋友，聆听这样一段不寻常的见解。不过，花500亿元去造一艘环宇飞船，恐怕不大现实。我们国家还有很多更需要钱的地方。比如，西北沙漠化的根治，黄河这条'悬河'的治理，环境污染……你说的应该是下一个世纪的计划了。"

小涵宇有点着急了："不不，曾爷爷，我认为时机已经成熟了。美国20世纪60年代搞登月计划时，国力还不及我们现在的国力；那时，登月车所用的电脑，还不如早已淘汰的'386'呢。一个民族只要具备一种信念，定出一个共同的目标，造出一种气势，就能转化成巨大的物质力量。您说对吗,曾爷爷?"

曾郁无奈地说:"很好,孩子,你的热情已经快把我说服了,但 500 亿的开支不是我能决定的,连国家总理也不能单独决定。这样吧,你可以把你的建议写成书面材料,我负责把它转交给有关方面。"

小涵宇马上从书包里掏出一叠材料,恭恭敬敬地交给曾郁。材料打印得很整齐,封面上写着"关于立即着手开始环宇探险的建议"。他认真地说:"曾爷爷,我相信您,您一定会把我的建议转给国家领导人的!"

"我一定会的,再见。"

从把建议书交给曾爷爷时起,周涵宇就急迫地等着回音,但建议书从此石沉大海。

多少年后他才知道原因,并不是曾爷爷轻诺寡信,但他年事已高,第二天就突发中风,虽然被抢救过来,但神志已经不清。从此,他就与轮椅结伴,用茫然的目光看着这个他已不能理解的世界。

有时,他会紧皱眉头,努力地回想,似乎有一件未了之事,一件他许诺过的事,一件不该忘记的事,但他终于没能回想起来。这使他十分烦躁,他一直口齿不清地向亲人诉说,发脾气,但亲人们不能理解他的意思。

只有他的前秘书猜到了，但一直没有说破。在秘书看来，那份建议书纯粹是白日梦话，是神经不大正常的人写的，他不理解曾主席竟然答应替男孩儿转交！秘书相信，一旦这份建议书真的转交给有关方面，那些人肯定会表面恭敬、内心怜悯地看着曾老：是不是老人已老糊涂了。

秘书不愿曾老的名誉受损，所以，他把这份建议书悄悄送进了碎纸机。一直到40多年后，秘书也变成一位耄耋老人时，他才向周涵宇道出了自己的忏悔。那时，环宇探险事业已经在全国深入人心了。

三　航程

飞船里仍保持着24小时的节律，保持着北京时间。早上6点，当地球上的太阳开始升起时，飞船天幕灯即开启并缓缓加强，在飞船内营造出白天的气氛。三名乘员都按时起来锻炼，有时晓东比较贪睡（他毕竟是一个16岁的孩子），小星就会敲着他的门，大喊："太阳出来了！"白天是两个孩子学习的时间；晚上6点半，天幕灯缓缓变弱并熄灭，乘员们便把居室灯打开。这样的灯光转换实际上毫无意义，但飞船上的人都认真地做着。

他们是在以此来保存对地球生活的记忆。

飞船一直是背对太阳而行，现在离太阳已有 0.23 光年，阳光微弱多了，但它仍不屈不挠地推动着巨大的光帆，给飞船提供 0.4G 的加速度。这个加速度在飞船内造成了较弱的重力环境，在他们的感觉中，飞船一直在向上飞，太阳却永远藏在地板之下。

飞船速度已经达到 0.2Vc（光速）。这个速度还太低，冲压式动力系统还不能起作用。因为速度远低于光速，由速度引起的时间缩短效应也不显著，所以，这一段航行将是整个环宇航行中最难熬的一段。按预定的航向，飞船将直奔小犬星座的 α 星（又名南河三，星等 0.37，距地球 11.3 光年），在那里做第二次重力加速，并借助于南河三的强光驱动光帆。之后，开向双子座的 β 星（又名北河三，星等 1.16，距地球 35 光年），然后奔向猎犬座的 α 星（又名参宿四，星等 0.41，距地球 520 光年，它是一座变光星），在双子座 β 星、猎犬座 α 星附近再来两次重力加速。其后，飞船要穿越猎户座大星云（距地球 1500 光年），因为对于冲压式飞船来说，含氢的星云是最好的燃料补给站。穿过猎户座星云后，飞船的速度就非常接近于光速了，此后飞船不会再走曲线，而是直奔 150 亿光年外的一个类星体而去。

那时，飞船上的时间速率将非常接近于零，乘员们将在眨眼之间穿越一个星系，在一呼一吸之间目睹一个星系的诞生、成熟和灭亡。那时，他们将拥有上帝之眼。

但目前，他们只有耐着性子，任凭"夸父号"飞船在茫茫宇宙中缓缓地"爬行"。窗外永远是暗淡的天幕、不变的星空，各个星体都安静地待在自己的原位，似乎一万年都不准备挪动。这段一成不变的航程太乏味了。人类在地球上修高速公路时，会在过长的直路上有意地加几个转弯，为的是防止驾驶员在一成不变的环境下打瞌睡，现在，晓东和小星真切地认识到，这个规定太对了。

尽管两个高智商的孩子都拿了14个博士学位，他们对学习抓得仍然很紧，光盘里有学不尽的知识，如果对纯粹的学习感到厌烦，还有希尔伯特的几个经典数学难题在等着他们。他们学得很自觉，因为，当他们在航行中面临一些突变，需要做出抉择的话，什么知识都可能是有用的。何况，这也是克服旅途烦闷症的最好办法。

对于飞船的操纵，他们反倒无事可做，主要由电脑图林先生直接操纵。飞船的航行有着固定程序，不可能停靠，不可能减速，尤其是在速度接近光速后，因为那时的减速要耗费巨额能量，而飞船上储存的重水只够一次减速之用，也就是在返回地球时用。"如果途中遇到外星人怎么办？"两个孩子在接受培训时曾问，答案是：只有对外星人的存在确认无疑，而且确认其科技水平可以向飞船补充燃料的时候，才能下达飞船减速的命令。

| 朝闻道

对于光速飞船来说，要迅速做出准确的判断不是一件容易事。

晚上7点是与地球的通话时间，晓东打开了通话器，其他两人围在旁边。估计与地球的联系很快就要中断了，至少是单向中断，因为飞船上的电台功率较小，无法飞越几千亿千米的距离。现在，三个人都十分珍惜与地球的每一次通话。

电波中传来老地球的声音，虽然已很微弱，但还相当清晰：

"地球北京天文台向'夸父号'呼唤，你们在2087年6月8日发回的电波已收悉，现在是地球时间2087年10月10日19时3分20秒。据我们测定，你们离地球已有0.23光年的距离，并精确地保持着预定的行进方向……"

谢晓东迅速计算了一下，扣除回电所耗费的时间，截至地球发出这封回电时，飞船上的时间已比地球上少了3天，他简短地告诉周爷爷："我们比地球人已年轻了3天！"

接着，电波中介绍了地球上昨天的要闻：以色列和巴勒斯坦终于捐弃世仇，共同成立耶路撒冷合众国；大陆和台湾的海底隧道昨日正式通车；南极冰山发生大面积塌方……

谢晓东向地球汇报了今天的航程和飞船上的生活情况。下面是与家属通话时间，这是三个人最为珍视的时刻。可惜，由于距离的遥远，一方的通话，对方要在4个月后才能收到。所以，这不是通话,而是互不相关的陈述。双方都意识到,连这种打了折扣的联络很快就要中断了,永远地中断了,所以,说话中难免涌动着悲凉的潜流。狄小星的妈妈说,家里一切都好,小星最喜欢的小猫白点子昨天生了四只猫崽(当然这已是半年前的事了)。谢晓东的父亲说,他和晓东妈刚刚庆祝了25年银婚纪念日,家宴中还特意为晓东摆了一副碗筷。最后通话的是周涵宇的儿子。这是与儿子的第一次通话,所以老人很激动,手指微微颤动着。儿子的话很简单,仍多少透着生疏,但他以尽量亲切的语调向爸爸问了好,祝爸爸长寿,还说他的玄孙昨天刚刚出生,为了纪念曾祖爷爷,特意取名为"环宇"。

周涵宇的眼眶中涌出热泪。两个孩子在旁悄悄观察着,既为老人高兴,也可怜老人。老人与妻儿的不和是众人皆知的,他妻子早已去世,离开地球这么多天,儿孙们竟然没人与他通话。所以,每次同家人通话时,晓东和小星都生怕刺激了老人。谢天谢地,今天,他的儿子总算良心发现了!晓东把话筒递给老人,轻声说:"爷爷,您给家人说几句吧!"

老人嗓音颤抖地说:"儿子,谢谢你的通话。爸爸这一生亏负你们太多,请你们原谅我吧。问全家好,替我亲亲我的玄孙。"

他把话筒递给狄小星,小星说:"以下是狄小星同家人的通话。爸、妈,我们这儿一切都好,请转告我的心理老师雷英,他所担

| 朝闻道

心的心理幽闭效应并没有出现。因为飞船上现在有一个亲切的老爷爷,他每天都给我们讲地球的风土人情、历史掌故,这一切冲淡了旅程的寂寞。我们真庆幸他能上飞船,我们希望他能活 100 岁、200 岁,永远陪着我们!"

听着这些孩子气的话,周涵宇笑了,把小星揽到怀里。

通话完毕,两个孩子立即围坐在老人身边:"爷爷,今晚讲什么?"

老人抚摸着他们的脑袋:"你们说呢?"

"讲各地的小吃!""讲各处的景点!""讲地球上的笑话!"

"行啊,行啊。"老人既欣慰,也对孩子们心生怜悯。为了承担环宇航行的大任,几百个孩子从 8 岁起就基本上过着封闭的生活,进行强化学习和锻炼。经过一轮又一轮残酷的淘汰,只剩下小星和晓东两人。这两个孩子没享受到童年欢趣,他愿意为他们补上这一课。

"今天讲讲地球上的野草,你们愿意听吗?好,我就介绍几种中国北方常见的野草。有一种叫节节草,茎是一节一节的,细叶,附地生长,其根部是白色的,和茎部一样呈节状,有甜味。这种草生命力很强,你把它连根刨掉,再埋进土里,它的茎部就会变成根,顽强地探出头去,活下来。还有一种野草叫马齿苋,叶子肥厚,像马的牙齿,可以做蒸菜吃,略带一点酸味儿,但味道很可口。这种草的生命力也很顽强,把它拔下来晒上四五天,叶片的绿色都不会变,种下去照样能活。另一种叫酸豆秧,十字形的叶片……"

虽然他讲的是平淡无奇的乡间杂草,两个孩子还是听得津津有味。

深夜,铃声突然刺耳地响起,电脑图林先生自动打开屏幕,用合成声音高声喊:

"谢晓东先生,狄小星小姐,快起来,周先生心脏病发作了!"

狄小星第一个跳下床,另一间屋子里,谢晓东也跳下床。他们赶到周老的卧室,见他脸色苍白,呼吸急促,心电监视仪上显示着极不规则的搏动。

两人都经过严格的医务训练,立即投入紧张的抢救,为老人注射了强心针。少顷,老人慢慢地睁开眼睛,看到晓东正在寻找血管为他打吊针,便虚弱地说:"晓东……不必为这具破躯壳浪费药物了,飞船上药物有限……这辈子能死在飞船上我已经满意了……"

谢晓东打断了他的话:"不要说话——请服从医生,配合治疗。"

这会儿,两个孩子已完全脱去稚气,行动干练自信。周涵宇喜悦地想:不愧是经过严格训练的宇航员啊,我即使死去也放心了。然后,他在药物的催眠下沉沉地睡去了。

第二天早上,周涵宇醒来了,见小星在房间里值班,她伏在床边睡得很甜。周涵宇怕惊醒她,小心翼翼地不敢动。但狄小星还是立即醒来,俯身问:"爷爷醒了,您感觉怎么样?"

"我已经完全恢复了,小星,快点休息吧。"

"不,我不困,我现在给您拿早饭。"

两个孩子围在他的病床边吃了早饭,仍是千篇一律的太空流食。在飞船的食物封闭循环中,制造美食所需的机器的结构过于复杂,为了环宇飞船早日上天,乘员们不得不放弃了口腹享受。在早年的宇航训练中,晓东和小星早已习惯了这样的食品,所以他们吃起饭来并不觉得是吃苦。老人看着他们,泪珠悄悄溢了出来。

"爷爷,您怎么啦?"

"没什么。"老人掩饰着,"大病之后一时的感情脆弱。孩子,你们选择了这条人生之路,不后悔吗?"

"不!"两人同声回答。谢晓东看看小星,笑着说:"爷爷,知道我是怎么走上这条路的吗?说来和您直接有关呢。"

"是吗?"

"我早就想把这件事告诉您了,我要完成我爷爷谢大成的嘱托——亲自向您道歉。"

老人困惑地说:"你说的什么呀,为什么要道歉?"

收拾了餐具,两人围在老人床边,晓东说:"爷爷,您为了环宇飞船,从25岁起就在全国演讲募捐,整整奔波了50年。您还记得第一次募捐是在什么地方吗?"

"当然记得,是在我家乡附近一所小学,菩提寺小学。"

"您还记得第一个捐款的学生吗?"

老人坐直了身子,急急地说:"记得!我不知道他的名字,但我还记得他的样子,是个又黑又瘦的男孩儿,脑门特别高,他……"

晓东笑了:"难道您没有发现我的大脑门吗?他是我的爷爷,谢大成,飞船上天前他已经去世了。"

老人定定地看着他,百感交集,喃喃地说:"对,你和他很相像,这已经是60多年前的事了。"

"我爷爷是环宇事业的铁杆支持者,我的爸爸妈妈也是。如果可能,他们都乐意当'夸父号'的船员。他们都没赶上,我赶上了。我这辈子是在环宇之梦中长大的,您想我会后悔吗?"

小星说:"我也是一样。爷爷,我从小就是您的崇拜者,能和您在一条飞船上,您不知道我们有多高兴!昨天晚上您把我们吓坏了,以后您可不许再犯病,要陪我俩一直走完整个航程!"

老人发自内心地笑了:"好的,好的。放心吧,咱们的飞船越飞越快,死神追不上啦。"

四　第一名捐款者

菩提寺小学坐落于一片浅山区之中，当 25 岁的周涵宇把它选为募捐第一站时，他自己也不知道这是天意，还是偶然。小学比较贫穷，教学楼虽然刚刚翻修过，但建筑粗糙简朴，学生衣着的式样也比较陈旧。他硬着头皮找到校长，一个刚过 30 岁的瘦削男子，戴着一副近视镜，面相很和善。周涵宇红着脸讲完来意，他知道自己的设想对一般人来说过于玄妙，很可能会被人当成骗子。王校长耐心地听完，仰着头思索片刻，又盯着周涵宇看了一会儿，忽然出人意料地说：

"行啊，给你一个小时。"他补充一句，"中国孩子还是要有一点梦想的！"

周涵宇猛然拉住校长的手，热泪唰唰地流下来，他哽咽着，仅仅说出两个字："谢谢。"

下午课外活动时，100 多名小学生集合在操场上，主席台是一张课桌，上面放了一个粗糙的捐款箱，是用硬纸箱临时糊成的。周涵宇望着 100 多个人头，100 多双眼睛，口里发干，心脏扑通扑通地跳着。自从 14 岁那年他把倡议书交给曾郁爷爷后，就一直盼着回信。但倡议书石沉大海。此后，他把一封一封的倡议书寄给有关单位，仍不见回音。他并不怪罪有关单位的掌权者，毕竟"环宇探险"的想法太超前、太胆大包天，与现实生活的反差太大。曾老说得对，中国各处建设如火如荼，要花钱的地方太多了！但他没有停止努力，他决定改变方法，从打动底层老百姓开始，再去推动上层。今天，是他进行募捐的头一次讲演，但愿它能成功。

他终于镇定了下来。"同学们，"他开门见山地说，"人类天生具有探索与探险的天性。人类是在东非诞生的，大致在30万年～25万年前，他们开始沿非洲东部向北迁徙，经过西奈半岛、中东，进入亚洲；又向北扩张，大约在3.5万年前，进入欧洲，并在各地区进化出黑种人、黄种人、白种人等各色人种。大约在2万年～4000年前，几支属于蒙古人种的部落（一说是日本岛的绳纹人和阿伊努人）先后跨过辽阔蛮荒的西伯利亚，经过串珠似的阿留申群岛，进入北美洲。随后迅速向南，于是，美洲大陆上留下了因纽特人、印第安人和玛雅人的足迹。大致在同样的时代，马来半岛上的土著民族也开始向大洋洲扩张，使人类的足迹遍布大洋洲的各个群岛、新西兰和澳大利亚，形成了众多的岛屿土著民族。你们从历史书中可以知道，是哥伦布发现了美洲，库克发现了澳洲。但实际上这只是人类的第二次发现，早在数万年前，人类就发现了非洲、亚洲、欧洲、美洲和大洋洲，这些发现都是由不知名的英雄们完成的！"

| 朝闻道

操场上鸦雀无声，100多双黑黑的眼睛紧盯着他，他愈发进入状态，把萦回于心中十几年的激情倾倒给听众：

"这些史前探险家的探险生涯是无比艰难、无比危险的。不妨设想一下，一支蒙古人种的部落沿水草丰饶的西伯利亚草原逐年北上，进入冻土带，进入冰天雪地的北极圈。他们根本不知道白令海峡另一边有一个广袤的大陆，他们很可能认为这个酷寒的世界就是地狱的入口，那么，是什么信念支撑他们毅然跨过白令海峡？再看看大洋洲，不少岛屿，比如复活节岛、夏威夷群岛都孤悬于大洋深处，离最近的陆地有数千千米。那时，人们没有地图，没有指南针和六分仪，没有能长期保存的罐头食品和瓶装淡水，没有设施齐全的越洋木船，甚至，他们根本不知道浩瀚大洋的对面有没有大陆或岛屿。那么，他们为什么有勇气开始孤注一掷的探险？每每想到这里，我都由衷地佩服这些无名的探险家，包括无数在探险中牺牲的失败者！"

听众中有了轻微的骚动，随即安静下来。

"刚才说过，对这些新大陆的探险都发生过两次，两次的情况不同。第二次探险的成功者都在历史上留下了名字，推动了世界范围内的移民，促进了本国的富强。但第一次探险，即史前探险却是一去不返式的。他们在新大陆播撒了人类的种子，但他们的信息丝毫没有传回自己的母族、母国。比如说，我们中国人从来不知道蒙古人种的一支后裔或侧支，竟跨越半个地球到了北美洲和南美洲。他们的探险也没有为母族带来任何的利益。但我们能因此就抹杀他们的功劳吗？"

台下，一个男孩儿脱口喊了一句："不能！"那孩子看到周围的人们都入神地静听，忙捂住嘴巴。周涵宇不由绽出一丝微笑，提高嗓音说：

"我们不必去羡慕古人，羡慕那些大无畏的史前探险家，因为，一项空前伟大的探险在等着我们，那就是——环宇宙探险！"

在听众的震惊中，他尽量简明地介绍了爱因斯坦的宇宙超圆体假说，并说明，一般人认为环宇宙探险是科幻性的行动，但实际上它已能提上人类的议事日程，因为环宇飞船的技术已接近于突破。他说，这也是一种史前式的探险，探险者很可能再也回不到地球，连他们成功与否的信息也传不回来。即使如此，这项探险仍值得做下去，原因无他——探险是人类与生俱来的天性，它超越了狭隘的功利目的。

他讲得激情飞扬。有人走上讲台为他倒杯水，是校长，目光中还满含鼓励。他感激地向校长点点头，端起杯，喝了一大口。入口才知道茶水太烫，校长想阻止他，却晚了半拍。这个小插曲在听众中激起一片笑声，但笑声马上停止了。

"中华民族是一个陆地民族，实事求是地讲，我们比较欠缺探

朝闻道

险精神。现在机遇摆到了我们面前,如果努力去做的话,环宇航行有可能在一个世纪内实现。我呼吁全体中国人从现在起就来进行这件事,来推动这件事,使环宇探险成为这个世纪中国人的精神凝聚点。当然,组织这次探险耗资巨大,难度很高,但只要我们立志去做,天底下还有克服不了的困难吗?想想20世纪60年代的美国登月计划吧。"

他郑重地指指捐款箱:"所以,我今天为环宇探险向少年朋友募捐。我谨在此发誓,你们捐的每一分钱都会用到环宇探险事业上,绝不会变成酒宴上的饭菜,不会被人中饱私囊。此心昭昭,可对日月!现在,请大家踊跃捐款,数量不拘。"

台下一片静默。周涵宇心中忐忑不宁,毕竟这是他的第一次募捐,毕竟他说的环宇探险是过于超前的事。如果没有一个人捐款,他也会高贵地接受失败。但他的担心是多余的,台下的静默只是因为听众太投入了。片刻之后,刚才曾高声说话的那个男孩儿大叫着:"我捐!"

他急忙跑上讲台,把两元硬币投进捐款箱。在他身后,学生蜂拥而来,小手在空中挥舞着,争着向箱内投入自己的钱。周涵宇的眼泪不由得流下,声音嘶哑地说:"谢谢,谢谢!"

第一个捐款的男孩儿跑过来——他就是谢晓东的祖父——拉拉周涵宇的衣襟,认真地说:"我明天还要捐,我到哪儿找你?"

"我明天在学校门前等你,谢谢你,小兄弟!"

最后捐款的是校长,他向箱内投了一张 50 元的钞票,笑嘻嘻地说:"周先生,我不相信你说的——环宇航行会在 100 年内实现,但我仍感谢你为孩子们编织了一个美妙的梦。"

"谢谢校长,谢谢!"

第二天,周涵宇怀抱着捐款箱立在校门口,那个男孩儿果然又捐了 20 元钱,还有几十个学生再次捐了款。一个 30 岁左右的路人不知道这儿是在干什么,走过来,歪着脑袋观察捐款箱,听了孩子们的话,他讥诮地说:"什么狗屁探险?骗钱呗!这些娃儿们全是傻蛋!"

周涵宇直视着他,忽然咬破手指,在捐款箱上写了一行血字:"如有一分钱未用到环宇探险上,天诛地灭!"那人读过这行血字,脸红了,讪讪地离开了。一群孩子围着他七嘴八舌地说:"不要听他的,大哥哥,我们信得过你!"

就这样,从这所小学开始的涓涓细流,最终汇成了大江大海。50 年后,他和伙伴们募得了数百亿元的资金,启动了环宇探险事业。在这个世纪中,环宇探险始终是中国社会的主旋律,它凝聚了一个民族的意志,值得一代一代人坚持下去。

晓东和小星依偎着坐在对面,老人想,他们是一对恋人,可惜

| 朝闻道 ———●

他们的恋爱没有花前月下、湖光山色。他们要在广袤酷寒的太空中度过一生，而这一切都是从那两元钱捐款开始的。周涵宇一直不知道那个男孩儿的姓名，因为所有捐款者都没留下名字，但他清楚地记得男孩儿的模样。他说："晓东，你爷爷的那两元捐款，可以说是环宇事业的奠基石，我永远忘不了他，在我心目中，那两元钱一直是安放在祭坛上——可是，你说什么道歉？我对他只有感激。"

晓东和小星相视一笑，显然连小星也清楚这件事的根根梢梢，她问："爷爷，在您开始募捐的 6 年后，曾有过很轰动的'非法集资案'，您肯定不会忘记吧。"

"当然，这件事的起因全怪我。"老人愧疚地说，"那时我是凭满腔热情去搞募捐，并不知道金融机关对集资有严格的规定。开始时，我大多是在小县城募捐，社会影响比较小。6 年后，等我筹到了 4000 万元，在社会上产生了一点影响，忽然法院封了我的账号，把我也拘捕了。那时，我觉得天塌了，在拘留所的两天两夜里，我的头发成把成把地往下掉，嗓子哑得几乎失音。"

"舆论界那时也对您大加挞伐，'世纪骗子''拙劣的科学骗局'……对吧？"

老人宽厚地说："那只是因为他们不了解真相，不怪他们。"

"可是，您知道这场讨伐对我爷爷的影响吗？他是您的狂热支持者，他省吃俭用把微薄的积蓄捐出来，一次又一次；他到处向人宣讲环宇探险……可是忽然间别人告诉他：你信仰的那个人是个大骗子！我爷爷的精神世界一下子崩坍了。如果果真如此，他被骗走的可不仅仅是钱财，而是一生的信仰！他甚至准备了匕首，想找您去复仇。"晓东说。

老人肃然起敬："真的吗？他是个真正的血性汉子，即使他把匕首捅到我的心窝里，我也会敬佩他。"

"幸亏他还没有完全失去理智，决定在复仇前要亲自了解一下，于是他单枪匹马地开始了调查。他询问过您的募捐事务所的义务员工，也询问过您的妻子，那时，您还没有离婚。"

晓东小心翼翼地说出最后一句话，他知道这是老人心中永远不会痊愈的伤疤。果然，老人的脸色阴了下来，苦涩地说："我们是在两年之后离的婚，怨我对他们母子太薄情。"

"我爷爷谢大成拜访了您的妻子，在那时，他看到了真实的您。"

谢大成几经周折找到了周涵宇的家。主妇穿着围裙开了门，冷冷地盯着他，一副拒人于门外的表情，不过她最后还是让他进了屋，指了指沙发让他坐下。屋内摆着一辆婴儿车，一个大约两岁的男孩儿正在熟睡。屋里的摆设很简单，也相当凌乱，到处是小孩儿的玩具，几件脏衣服扔在地上，主妇的脸色透着疲惫。谢大成自称是某师院校刊的编辑（这点他没说谎），想来采访周先生，

朝闻道

主妇听后愤怒地说:"他死了!他不在这儿!"

看到来访者的困窘后,她又多少缓和了语调:"我让他从这儿搬走了,我们已经分手了。我是被逼无奈,你看看这个狗窝!"她的怒气又渐渐高涨,"他从不顾家,一天到晚念叨着环宇宙探险,和一群狐朋狗友一侃就是半夜。他每个月的工资只交给我200元,剩下的全填到那个无底洞中,迎来送往,出门演讲,花起钱来大方得很,只有对家里一毛不拔!"

她的声音太大,把孩子惊醒了。男孩儿撇着嘴哭泣,她忙把他抱起来,孩子在她怀里胆怯地看着生人。女人的嗓音放低了:"他是个神经病!走火入魔,信的是邪教!"

谢大成环顾着屋内的贫穷模样,喃喃地说:"听说他已募集了4000万,也有人说他中饱私囊,他怎么不给家里留点儿钱呢?"

"放屁!"女人粗鲁地说,"我已经不打算和他过下去,犯不着为他辩护,不过人说话得凭良心。他哪里中饱私囊?他要是知道中饱私囊,也算得上是个人了。我这里像个狗窝,他自己的日子更是连狗都不如,每天省吃俭用,破衣烂衫,省下的钱都塞到那个无底洞中去。他迷上什么不行,偏要迷上环宇探险?这种玄天虚地的事情……"

谢大成觉得,该为周涵宇进行辩解了:"大嫂,环宇探险并不是玄天虚地的事情,19世纪末,俄国的齐奥科夫斯基就梦想火箭上天,那时他也被人们看成是疯子。现在,人类不是已经在月球和火星上登陆了吗?人类的科学进步都是从一个疯狂的想法开始的……"

女人不耐烦地打断了他的话:"你和他是一路货。"她非常精当地评价着:"谁当你的女人,谁也倒霉。走吧,你走吧。"

从周妻那儿回来后,谢大成又恢复了对周涵宇的崇拜。其后在对周涵宇的声援队伍中,谢大成是奔走最出力的一个。半年后,对这起非法集资案的审判结束了。毫无疑问,周涵宇的行为触犯了法律,但他的赤子之心打动了法官,对他的处罚之轻是前所未有的:责令补办登记,查封的捐款全部解冻。法庭宣判过后,周涵宇含泪对法官鞠躬,对听众席鞠躬。只是,他不知道声援人群中有一个叫谢大成的人。

经过这一番折腾,环宇探险事业的名声更大了。加上此后的44年,他们共募集到500亿元的捐款,政府将环宇飞船的建造纳入了国家科技进步计划,3万名科技精英为之日夜奋斗。一直到2083年,集结了数代人心血和智慧的环宇飞船终于踏上茫茫的宇宙之旅。

"晓东,不要提什么道歉的话,感谢你的爷爷,感谢你们!"

五　太空婚礼

"'夸父号'向地球呼唤，'夸父号'向地球呼唤。"狄小星对着通信器说。地球的电波早已中断了，但他们仍坚持每天的通话，就像是一种宗教仪式。"现在是飞船时间 2092 年 7 月 24 日 18 时 20 分 32 秒，'夸父号'飞船刚刚掠过小犬 α 星，又一次获得了重力加速，现在飞船速度已达 0.999Vc，距地球 22.3 光年。"

0.999Vc，相应的时间速率为地球的 1/22。他们已离开地球 32 年，但飞船上的时间只过了 9 年。总的说来，航行十分顺利，光帆动力和冲压式动力不屈不挠地推动飞船加速。再加上小犬 α 星的重力加速，飞船的速度已相当接近光速。不过，由于飞船质量的迅速增大，加速度的绝对值已经只有 0.08G 了。飞船开启了旋转系统，以离心力来模拟重力。飞船上的生活环境也随之改变了，船舱的环形舱壁变成了地板，人们的头顶指向环形的中心，而飞船的前进方向正与这个环形垂直。

也可能是太空环境有利于健康，在心脏病发作过一次之后，周涵宇的身体状况很好。按地球年龄算，他已经 120 岁；即使按飞船年龄算，他也 97 岁了，但他一直活得很好。他对两个孩子开玩笑地说："我那次没说错，飞船的速度太快，死神肯定追不上我了。"

25 岁的晓东和小星快活地说:"是啊,死神肯定没有能力配备光速飞船!爷爷,陪我们把这趟旅行走完吧。"

"好啊,我会尽量做到这一点。"

舱外已不再是枯燥沉闷的暗淡太空。飞船的极高速度造就了从来没有人欣赏过的美景。由于多普勒效应,飞船正前方的星光发生了紫移,而后方的星光则发生了红移,它们都外移到人眼看不到的波段,在人的视野中一个接一个地消失。只有与飞行方向垂直的星空,星光的频率(即颜色)保持不变。结果,前后两方形成了黑渊,黑渊向飞船的中央扩展,直到只剩下环绕船中央的一条星带。赤橙黄绿青蓝紫,一个美丽的彩虹星环出现了。

不过,这只是多普勒效应产生的结果,实际上还存在着光行差效应,它使彩虹星环逐步向运动前方靠拢,就像在雨中奔跑时雨柱会向前方倾斜。于是,彩虹星环便逐渐爬到飞船的正前方。

飞船每天向着这道璀璨壮丽的星环飞去,但永远追不上它。

这样的美景令人百看不厌,闲暇无事,周涵宇会仰靠在床上,透过飞船前方的舷窗,透过一万吨重冰(重水结成的冰)所凝成的巨大透镜,透过直径 300 千米的磁力收集罩,欣赏着这个美丽的环形彩虹。这时,他觉得一生的辛劳都得到了报偿。

电脑把变形的星空扯平,在屏幕上显示出它的原貌。太阳在飞船的后方，早就变成了一颗普通的星星，不过仍是较亮的一颗。月亮、金星、火星之属当然早已看不见了。刚刚飞过的南河三（小犬α星）变成了榛子大小的一颗亮星，闪着耀眼的白光；前方则是北河三（双子座β星），它离飞船只有12光年的距离，也有榛子般大小，强光耀眼夺目。因为前后都有强光源，光帆无法起作用，所以光帆已收起来了。不过，冲压式动力十分有效，再加上频繁的重力加速，所以飞船的速度仍在快速向光速逼近。

晓东和小星都过了25岁生日，晓东肩膀宽阔，喉结凸出，上唇已长出了浓密的胡须。小星也长成了亭亭玉立的大姑娘。这天，两人手挽手走到老人面前，郑重地说，他们要结婚了。

"好啊，"老人喜悦地说，"我总算盼到这一天了。什么时候举行婚礼？"

"就在明天吧。"

"该做些什么准备呢？我希望你们举行一个中国式的婚礼，不过飞船上没有红烛、喜宴和爆竹。"

"一切都准备好了，不用您老操心。不过，您的工作也很繁重的。您要担当主婚人、证婚人、司仪和双方家长。"

"没问题，我会扮好所有的角色！"

飞船上天前，宇航局就彩排了婚礼的场景，把它储存在光盘里。现在，隆重豪华的婚宴在船舱里进行着。身披婚纱的小星挽着丈夫走上前台，政府代表、宇航局代表、国外来宾依次同他们拥抱。天穹上撒下漫天花雨，七彩的激光在空间闪烁。双方的家长幸福满面，席间觥筹交错。

当然，这只是虚拟场景。在真实的飞船里，一对新人按照司仪的提示，向父母的位置鞠躬，向主婚人鞠躬，夫妻对拜，然后三人坐在餐桌前。今天的宴席仍是太空流食，只是多了三个酒杯和两瓶茅台酒，那是特意为今天准备的。三人举杯相碰，一饮而尽。一瓶茅台很快见底，三人都有些醉意。老人说："我太高兴了，太高兴了，我能活着看到你们成家立业。祝你们婚姻美满，早日生下儿女。我的身板儿还硬朗，还能为你们抱孩子呢。"

小星趁着七八分醉意，脱口说道："可惜咱们的孩子永远不会有同龄伙伴，也不会有游乐场、游泳池和绿草地。"晓东忙制止她，说："不过他仍然会非常幸福的，他会有一个非常独特的经历。再说，这也是人类为了探索必须做出的牺牲。想想那支跨越白令海峡的蒙古人种部落吧，他们在冰天雪地里不知失去多少孩子，才变成不怕冷的因纽特人。"

老人机敏地扭转了这过于沉重的谈话，笑呵呵地说："时候不早了，你们两位该入洞房了。我呢，我还要留在这儿慢慢品尝茅台酒。我这一生从没像今天这样喝得痛快。"

一对新人站起来向老人告辞，小星说："爷爷，不要喝过量了。"虚拟场景结束了，周涵宇老人握着酒杯，但并没有喝酒。突然，他向星环举起酒杯，喃喃地说着什么。

六　远古的梦

这也许是发生在 3000 年前的场景。在地球上，在浩瀚的南太平洋海面上，有七八只独木舟在海面上漂流。船上没有帆，那时的人还没有学会使用船帆的技术；也没有人划桨，因为船上的人早已没有力气了。只有海流不停息地推着独木舟向西漂去。

船上的人有男有女，也有一两个幸存的小孩儿。他们都半裸着身体，古铜色的皮肤，黑色头发。前边一只独木舟上是巫师萨摩和他的家人，他是这次探险的倡议者。半年前，在篝火前的祭神傩舞中，在嚼食古柯叶造成的虚幻中，他忽然得到了神谕。神说，集合你的族人，驾上你们的独木舟，向太阳落山的方向前行，在遥远的海洋深处有一处肥美之地，树上挂着美味的水果，山上有甘美的泉水，鱼儿会自己跳进你的网中。

于是，萨摩率领全族人离开了他们居住的陆地，即被后人称作南美洲的地方。经过两个多月艰难的航行，他们什么也没发现，船上的淡水早已发臭，连这些发臭的淡水也已被喝完；早就没有了食物，他们只能靠夜里蹦上船的飞鱼充饥。人们一个一个得病死去，不少船只落后了，失踪了，只剩下最后七八条船和20余人在做最后挣扎。

萨摩的孩子病了10天，今天咽下最后一口气。萨摩的女人把孩子小心地抛到水里，尸体很快在船后消失了。女人抬起头，虚弱地说："我也要走了，我要跟儿子一块走了。男人啊，你说的肥美之地在哪儿呢？"

萨摩大声说："大神说那片土地就在前边，大神不会骗我们！"他挣扎起来，跪在地上向大神祷告。这次，他没有听到神谕，失望地回转身，忽然瞪大了眼睛：在他们的侧后方，天空中似乎有一只飞鸟！飞鸟离他们很远，在天空与水面连接处飞着。他揉揉眼再看，飞鸟已消失了。

萨摩愣了很久，不知道自己是否看花了眼。但不管怎样，这是他们最后的机会了，于是，他站起身，对后边的独木舟高声喊：

"看啊，大神派飞鸟来迎接我们了！"

他调转航向，向飞鸟消失的地方划去，船上的人早已奄奄待毙，但生的希望激发了强大的力量。他们顽强地划着桨，向着那最后的希望划去。在太阳落山前，他们再一次看到了天空中的飞鸟，然后他们看到了一个小岛，看到了岛上的绿树。萨摩喃喃地祷告着，他想肯定是他的虔诚感动了大神，否则他们就会与这座岛屿擦肩而过，葬身在无垠的海洋里。

这也许就是南太平洋某个珊瑚礁岛上土著民族的由来。一条血脉之河脱离了主流，在一个蛮荒之地保存下来。

七　双子星湮灭

飞船的速度又向光速逼近了万分之一，现在，飞船上的一天已经等同于船外的一年，换句话说，飞船每一天都能轻松地跨越一光年的距离。路遇的恒星不再是稀罕物，每隔几天、几十天，就会有一颗恒星在飞船的近处掠过。

三个人常常饶有兴趣地观察窗外的奇景，当然是通过电脑屏幕锁定位置。有时，他们会遇见一颗刚从星云中诞生的原始恒星，它以红色的光芒烘烤着围绕它的星云；有时，他们会遇见一对互相缠绕的双子星，因为离得太近，在引力的作用下，其中一只气态星球变成梨形，梨形的尖嘴对着白矮星伴星，恒星的气态物质正通过这个尖嘴被伴星吞食；有时，他们会遇见红色的饼状星云，它是被一颗暗弱的恒星抛撒出来的，在旋转的星云中已能看出几颗行星的轮廓。最常见到的是旋涡状的星云，随着飞船的迅速逼近，稀薄的星云逐渐掀开，眼前是一颗颗发着强光的星体。

这种视野是地球人不可能拥有的，正像那些从未坐过飞机的土著人不可能从天上俯视云层。坐在近光速飞船上，宇宙的变化被尽收眼底了，可以说他们已拥有了上帝之眼。

算来，地球上的时间已过去1200年，他们所有的熟人都早已作古。1200年来，地球科技又有了什么发展？他们是不是又向太空派遣了更先进的光速飞船？这些问题无法得到答案，只能供他们遐想。

20天前，他们在前方的星空里发现了一对双子星。这对双子星个头很小，光也比较微弱，所以地球上的星图中从没有标注它们。

但电脑图林先生的计算表明，这是密度极大、相距很近的一对中子星，它们周围的重力场是已知星体中最强的。

图林先生提示说，这种重力场极强的双子星是进行重力加速的最好场所，如果能在那儿加速，飞船的速度又将提高万分之一。这个速度与光速是那样贴近，以至于飞船内的一天可抵船外的一千万年。所以，他们可以说已经进入与天地同寿的境界——在一二十年内完成环绕宇宙的航行，同时，目睹宇宙飞速地走向死亡。

他们当然不会放过这次机会。

从发现这对无名双子星的那天起,晓东、小星和电脑图林先生就开始了紧张的计算。前边既是一个机会,也是一个陷阱,弄不好的话,飞船会被强重力场的潮汐作用撕碎,乘员也会死于中子星的强辐射。

他们详细计算了飞船切入的角度和距离,以及飞船重水的屏蔽效果和屏蔽角度。时间过得太快了,每过一天,飞船就向双子星靠近一光年。有时,他们甚至祈盼飞船的速度能减慢一些。

周涵宇在这些事上没办法帮忙,他毕竟没受过系统的高等教育,70多年来他也曾如饥似渴地学习太空飞行知识,但充其量只能做一个内行的旁观者。在距无名双子星还有一天路程时,他们的计算终于得出了结果。

双子星在电脑屏幕上迅速增大,快速旋转着,既有自转也有公转,每当其中一个星体的转轴指向飞船,便有强X光辐射从飞船上扫过。双子星已经变成月亮大小,谢晓东启动了飞船上的备用动力,调整着飞船姿态,极其迅速地插入它们之间,沿着其中一个星体转了半圈后,被离心力沿着抛物线方向甩了出去。

这个过程持续了两个小时,但对于飞船而言只是几秒钟。在这几秒钟里,三个人都失去了重力,随着飞船在做自由飘浮。等飞船重新恢复直线飞行时,晓东和小星互相拥抱着大声欢呼起来:"成功了!爷爷,我们成功了!"

经过这次加速，飞船上的时间已接近了静止，所以，几乎在眨眼之间，飞船已飞离双子星 10 光年。他们静下心，从屏幕上观察双子星的运动。

与他们的预测一样，在飞船飞离之后，双子星的公转速度明显减慢了。因为近光速飞船具有极大的质量，在这次加速中，飞船从中子星重力场窃走了巨大的能量，导致中子星转速的明显降低。于是，两颗中子星沿着两条螺线互相靠近。这个过程拖了几十年的时间，但在飞船上仅仅是一刹那。刹那之后，两颗中子星相撞，激起一场骇人的爆炸，这里霎时成了宇宙中最亮的地方。白光以不可阻挡之势向四周扩散，从后边凶猛地追赶着"夸父号"飞船。

按照爱因斯坦相对论所揭示的奇特规律，对于近光速飞行的飞船来说，这波强光风暴仍是以光速向它逼近，在 60 光年后追上了"夸父号"。尽管由于极端的红移效应，强光变成不可见光，但它的能量仍是实实在在的。"夸父号"的太阳帆被彻底摧毁了，好在飞船本身没有受伤。

三名乘员紧张地看着屏幕，通过电脑的校正，红移光线在屏幕上恢复了原状，于是他们看到了铺天而来的强光的洪流，飞船整个沐浴在了白光之中。白光撕裂了光帆，又裹着光帆飞速向前飞去。

很快，强光的洪流掠过飞船，消失在飞船前方。

八　弥留

双子星湮灭之后，周涵宇也进入了慢性死亡的阶段。这次，他不是心脏病发作，也没有得任何病症，只因，他的生命力已经燃烧净尽。他不再进食，不再离开床铺，身躯迅速消瘦，只有思维还很清晰，一双眼睛像是冬夜的火炉，似乎他全身仅存的生命力都在瞳孔中燃烧。

晓东和小星终日守候在床前，耐心地、柔声细语地劝他："爷爷吃一点饭吧，你说过要陪我们走完环宇航行，您还说要帮我们带孩子。爷爷，您不能失信哪。"

老人内疚地说："恐怕我要失信了，我已经累了，想休息了。按飞船年龄，我已经103岁；若按地球年龄呢，应该是多少？"

晓东说："现在飞船的速度与光速非常非常接近，近得飞船上的测速系统已失去了意义，所以无法得出准确的时间速率。据我估计，现在飞船上的一天已相当于飞船外的1100万年。累计起来，从飞船升空到现在，地球已过去34亿年了。"

老人说："你看，我已经是34亿零105岁的老怪物了，我真的该休息了。"小星机敏地反驳："这可不是理由，我和晓东也都是34亿零30岁的老怪物了，您看，咱们基本上是同龄人哩。还有我腹中的小宝宝，他只有四个月大，但也相当于飞船外的12亿岁老人，也是个老怪物呢。"

虽然身体已很虚弱，但老人仍不禁一笑。的确，生活在近光速的飞船上，日子仍按地球节律那样度过，真的很难想象飞船外那个比蜗牛还慢的世界。现在，飞船上的人几乎已得到了永生，但他已无福消受了，他就像战争结束前牺牲的最后一个军人。

不过他不后悔，一点也不后悔，他侧过头看看屏幕，一颗接一颗的恒星在屏幕上闪过，就像火车线旁的电杆。在飞船上的一声"嘀嗒"中，飞船已飞过了几百光年啊，他问孩子们："34亿年了，太阳是否已变成红巨星？地球是否已被红巨星吞没？"

晓东安慰他："不，太阳还不到变成红巨星的时刻。再说，谁知道34亿年后的人类发展到什么程度，真是难以想象，也许他们派出的后续部队已在前边的路上等着我们哩。"

老人不再说话，闭上了眼睛，思绪已经飞回地球。晓东和小星不愿打扰他，轻手轻脚地离开老人的房间，两人低声商量着，该为老人准备后事了。

正在这时，飞船内响起刺耳的警铃，飞船的侧喷管突然自动点火，向左侧喷出炙热的火焰。飞船突然向右急转，两人措手不及,全都跌倒在地。晓东立即爬了起来,四肢着地地向老人房间爬去。老人果然也被甩到地板上,幸而没有受伤,他把老人抱到怀里,老人睁开眼,声音微弱地问:"怎么了?"

这时,突然传来电脑图林先生急促的声音:"船长!航程正前方1万光年处发现了一个黑洞,我已让飞船紧急转向!"

"做得好,谢谢你。"

晓东和小星都暗自庆幸,1万光年,普通飞船要1万年后才能到达——但对于近光速飞船来说,这只是8.7秒的时间。飞船内外的时间差使得飞船上的人,甚至电脑都变成了反应奇慢的树懒,对航程中的陷阱很难及时做出反应。这会儿,飞船勉强绕了一个弯,从黑洞旁掠过。飞船的观测系统在近距离内观察到了这个黑洞,它和一颗白热的恒星形成双星系统,并被恒星所照亮。黑洞吞噬着周围的物质,形成巨大的吸积盘。由于黑洞造成的强烈的空间畸变,使得盘的上下面都能被一个观察者同时观察到!这种多重成像的堆积使得吸积盘看起来像一个奇特的草帽,草帽的前部非常明亮,草帽凸起部则隐藏着一个半球形的黑体。

"飞船已绕过黑洞,请问是否转回原航向?"图林先生解释道,"如果再次点火,飞船的重氢存量将无法满足今后的减速。"

这也就是说,就算以后能回到地球身边,他们也不能停下,而只能从地球旁边飞速掠过了。晓东看看小星,没有犹豫:"点火吧。首先我们要保证能回到正确的航线。"

另一侧喷管点火，飞船缓缓地向左转弯，回到了原来的航向。

老人已陷入昏迷，脉搏极为微弱。两人轮流守在床边，轻声呼唤着他。夜里，老人忽然睁开眼睛，清楚地说道："孩子们，我要走了。"

晓东和小星知道他的生命已不可挽回，便轻声告诉他：飞船上已准备了一具棺木，他的遗体将密封在棺木里，系缆在飞船外壳上。在飞船外零下270℃的寒冷中，遗体将被妥善冷冻，直到飞船返回地球。老人很欣慰，一波笑纹从脸上漾过："谢谢你们的安排。我先回去了。"

他永远地闭上了眼睛。

九 童话

周涵宇的灵魂已脱离了躯壳，离开飞船，逆着来路向前摸索，就像一只循着气味寻找旧宅的老猎犬。

灵魂的旅行大概不受光速的限制吧。

他生长在内陆的小县城，17岁前没见过大海，所以不像海洋民族的孩子那样对大海有强烈的向往：无垠的海面，水天连接处的轮船，海鸥在天空搏击，招潮蟹在沙滩上横行，就连小小海贝那闪着珍珠光泽的内壳里都蕴藏着大海的秘密……他没有对大海的直观感受，但他另有地方寄托遐思、激情和幻想，那就是比大海更为浩瀚深邃的天空。

　　他曾躺在家乡的小山包上唱儿歌：青石板上钉银钉，千颗万颗数不清。也曾在葡萄架下听老人讲牛郎织女的故事。小学二年级时，一位去北京天文馆参观的同学给了他一张活动星座图，这份价值一元的制作粗糙的礼物成了他的最爱。活动星座图是可以旋转的两个同心圆盘，上面一张留有一个椭圆形的透明窗口，旋转这个窗口，就能看到冬夜、春夜、夏夜和秋夜的星座。他对这张图十分入迷。夜里只要有闲暇，他就把图举过头顶，逐个寻找天上的星星：天鹰座α星（牛郎星），天琴座α星（织女星），大熊星座（勺星），小熊星座（北极星），天顶处美丽的北冕星座，蜿蜒绵亘的长蛇星座，还有猎户星座的三星，半人马座的南门二（那是离地球最近的恒星）……待到星座图用坏，他已经把所有的星座烂熟于心。

　　童年一份偶然的礼物是能影响一个人一生的，从此他和宇宙星空建立了深深的感情，而且从没中断或减弱。中学时代，他了解了爱因斯坦的超圆体宇宙论，这奇妙的理论令他心醉——只是，为什么没有人像麦哲伦那样，以亲身的旅行来证实它呢？

他为这个少年的奇想耗尽了一生。"夸父号"正在环绕宇宙飞行，航行还没有结束，只是他的力量已用尽了，他该休息了。他曾那么急切地盼望着飞出地球，现在他以同样的急切盼着飞回去。

人的思维恐怕也是一个超圆体吧。

十　天葬

周涵宇平静地去世了，脸上凝着恬然的微笑。

尽管早有心理准备，晓东和小星仍然很悲伤。三人世界倒塌了，那个充满激情的、阅历丰富的老人走了，再不能给他们讲述老地球的故事了。

两个人细心地操办了老人的丧事。他们为老人净身，换上寿衣，把老人的遗体放在棺木里，垫上元宝枕。飞船里没有备香烛，两人便在灵前装上两颗灯泡作长明灯。在晚上的例行通话中，他们向地球通报了老人的死亡（当然这些通话不可能被几十亿光年之外的地球收到）。停灵三天后，两人最后一次向老人告别，然后扣紧了棺盖。

晓东穿上太空服，推着棺木进了气密室。外门打开了，由于旋转船舱的离心力，棺木自己沿切向飞了出去，一根保险索飘飘摇摇地扯在棺木之后。晓东追了上去,把棺木牢牢地连在船舱外壁上。零下270℃的酷寒将很好地保护这具遗体,直到飞船返回地球。

晓东抚摸着棺木,轻轻叹了口气。他没有告诉老人,躲避黑洞耗尽了能源,飞船已经无法减速,也就是说,即使他们能返回地球,且地球仍安然无恙,他们也只能与地球擦肩而过,永远无法叶落归根了。

这是晓东的第一次太空行走。由于太空行走必然造成气体的漏泄(对于无法取得补充的光速飞船,船上的氧气是十分宝贵的),又容易使太空人遭受辐射,所以在一般情况下,他们从未打开飞船的舱门。今天是特殊情况。他是以光速在太空中行走的第一人,也可能是唯一的一人。

他贪婪地观察着飞船外的太空。

经过昨天黑洞的重力加速,飞船的速度又向光速逼近了。他看着飞船前方的彩虹星环,忽然发现它的光度大大减弱了。这可能是几天前就发生的事。但他们忙于躲避黑洞和为老人送葬,忽略了这一点。

这是怎么回事?星环的亮度仍然在明显地减弱,一分钟一分钟地减弱,他猛然想到了这种变化的原因。他不敢多作停留,在心中同老人告别后,便迅速返回气密门内。

狄小星正坐在驾驶椅上观看屏幕,也发现了舱外的异常。她看了看丈夫,在无言的交流中两人明白了一切。屏幕上是经电脑复原的太空,飞速掠过的恒星形成不间断的光流,但现在光流逐渐暗淡。这一切都是在逃离黑洞后的 30 天内发生的,在这 30 天里,舱外的宇宙走完了最后的几亿年里程,宇宙之光开始熄灭了。狄小星抚摸着肚子中八个月的胎儿,偎依在丈夫怀里,忧伤地观察着屏幕。

他们使屏幕暂停,一帧一帧地回溯倒看——光流复原成恒星,一个个互相逃离,并暗淡下去,在发出最后一道光之后便归于熄灭。不过,恒星全部熄灭之后,宇宙背景并没有变成漆黑一团,因为不会衰老的光速粒子(光子和中微子)脱离光源之后还在超圆体宇宙中永不停息地奔波,照亮了宇宙消亡后留下的太空尘粒。

谢晓东说:"小星,我们看到的是正在灭亡的宇宙,一个无限膨胀的热寂宇宙。"

"是的。"

"我们是从一个静止的时间码头去观察宇宙的飞速流逝。"

"是的。"

"我们是这个宇宙唯一的幸存者,因为我们是宇宙唯一的光速实体。"

"是的。"

"小星,我在想,上帝最可怜,因为他太寂寞了啊。"

小星仰起头吻了吻丈夫:"晓东,不要太感伤了,孩子快出生了,我们陪着孩子等待宇宙的再生。一定会很快的,等恒星重新闪亮时,也许孩子还没满月哩。"

两人笑着拥在一起,额头顶着额头。

十一　永远的老地球

两个月之后,一个男孩儿呱呱坠地——他的脸蛋皱巴巴的,皮肤粉红,小手小脚,不过哭声倒是凶猛而响亮。

晓东和小星都忙于照护孩子,已顾不上注意飞船外的情景。又是几亿年过去了,宇宙丝毫没有复苏的迹象。光速粒子仍在不知疲倦地奔波,但随着宇宙的膨胀,这锅粒子汤越来越寡淡,舱外越来越黑暗。宇宙的黑夜已降临,只是不知道是否有明天的日出。

小星的奶水很好,孩子吃饱了,香甜地打着呵欠。当妈妈的心醉神迷地看着他,逗弄着他的小耳垂、小鼻子,有时会喜悦地喊:"晓东,你看,他在吮我的手指头呢。"晓东也在品尝着初为人父的喜悦,但喜悦之中难免有些苍凉。他们三个很可能是浩瀚宇宙中仅存的生命体。虽然飞船上的能量在躲避黑洞时用去大半,但剩余能量用以应付飞船所需还是绰绰有余,至少可用100年。那相当于飞船外的万亿年,时间真是不可思议的漫长——可是,在100年后呢?再说,难道他们一家就这样孤零零地永远活下去?

那恐怕会让人发疯。

每天晚上,谢晓东依然同地球通话,报告近况,包括儿子的近况。当然,这纯粹是象征性的。现在已不是地球收到收不到电波的问题,而是根本没有这么一个老地球了。

但小谢依然每天如故。他绝对想不到,自己的努力会感动上天,给他送来一份丰厚的回报。

孩子可不管舱外的天翻地覆,照样慢条斯理地皱眉,哭泣,吃奶,撒尿——一泡尿期间,千百万年又过去啦!幸亏有了孩子,夫妻两人忙着照顾他,已忘了对宇宙灭亡的感伤。既然感伤也无用,那就索性抛开它,全力倾注在孩子身上吧。

这天,孩子第一次睁开眼睛,向这个世界投去茫然的一瞥。年轻的父母很兴奋。晚上通话时,他们还没忘记把这个喜讯告诉地球。很奇怪,谢晓东忽然听到了微弱的呼唤:

"地球呼唤'夸父号'!地球呼唤'夸父号'!"

声音酷似周爷爷的声音。真像是白日撞见鬼,谢晓东惊得几乎跳起来。正在逗弄孩子的狄小星也听见了这两声呼唤,惊讶地转过头。

呼唤声仍在继续:"地球呼唤'夸父号'!你们2098年10月14日18时4分30秒发来的通话我们已收到。"

他们收到的是10天前的电波,按飞船上的时间推算,两者相距不足1亿光年。就像久居暗室者不敢见阳光,两个人不敢相信这个喜讯。舱外的宇宙已进入茫茫黑夜,万物皆已消亡,难道唯有地球长存吗?看来对方也十分了解这边的心理,开始做出解释:

"'夸父号'乘员,我们仍使用古人类语言与你们通话。我们在模仿周涵宇老人的声音,根据时间估计,老人肯定已去世。我们谨以此表达对他深深的敬意。

"可能你们会奇怪,何以宇宙热寂后地球还会存在,其实这多半得益于你们的伟大创举。'夸父号'升空10年后,就有人提出了'光速地球'的设想;又经过漫长的180万年,这个设想终于实现。所以地球和'夸父号'一样,也变成了几乎不会衰老的光速实体……"

光速地球!两人惊喜得大叫起来。孩子受到惊吓,响亮地哭了起来。那边继续说道:"6个月前,也就是宇宙时间18亿年前,地球曾偶然接收到你们的信号,不过信号随即中断。从那时起,地球就投入全力寻找你们……"

晓东和小星互相望望,紧紧拥抱,酸甜苦辣各种情绪一下子涌上心头。他们在明知无望的情况下坚持通话,这种对信仰的热诚终于有了回报。

"现在请立即改变方向,向地球方向靠拢!"

谢晓东迅速测定了电波的方向,向图林先生下达了转向的命令:"飞船只留下三天的能量,其余全部用于转向!"

飞船侧喷管喷出绚丽的火舌,飞船缓缓转弯,在黑暗的宇宙中向地球方向靠拢。

那边的声音忽然提高:"'夸父号'飞船,我们刚刚收到了你们10月15号晚7点30分的通话。地球与'夸父号'只有两个小时——当然指飞船时间——的距离了!"

地球上的通话者十分激动,飞船上的人更不用说。他们这会儿最感谢的是爱因斯坦,使远隔几千万光年的人很快就可以在两个小时中相逢。狄小星频频亲着怀中的孩子:孩子,孩子,地球马上来了,我们马上要回地球了!

亲爱的老地球啊!

地球和飞船的距离正在迅速缩短,现在,尽管回电仍有延迟,但双方已能勉强地对话了。

那边忽然笑道:"我听到了孩子的哭声!我还忘了恭喜你们呢!"

"谢谢!谢谢!"

朝闻道

在此后的对话中,谢晓东迫不及待地询问着有关地球的一切。对方告诉他,飞船现在所在的方位已离太阳系的原位置不远了。虽然在恒星消亡后,宇宙失去了定位的标志,但地球已发展出新式的空间定位技术。"顺便告诉你,宇宙超圆体理论早已得到验证,在'夸父号'升空的10万年后,地球派出了性能更为优异的'夸父2号',并早于你们返回地球。很可惜'夸父2号'没有遇到你们。"

晓东和小星苦笑着说:"那我们的努力不是白费了吗?"

"没有白费,怎么能说白费呢。你们难道认为蒙古人种对美洲的史前探险是没有意义的吗?"

"谢谢你的安慰,我们不会沮丧。至少,能返回地球这件事就足以补偿一切。对了,还没请教你的姓名呢。"

对方略微迟疑一下:"你不妨称我周先生。我想应该告诉你,比你们多进化了180万年的地球人类早已不是原来的模样了。我们的外形、智力形式、婚姻生殖方式、进食方式,乃至姓名、衣着,都是你们无法想象的。现在的人类处于共生态,你们所熟悉的单独的个体已不存在。所以,"他半开玩笑地说,"在你们走下飞船前,请预先做好思想准备。"

谢晓东看看妻子,多少带点勉强地笑道:"即使你们变成多足蠕虫,我们也会很快习惯的,反正我们知道你们是地球人类的后代,是地球文明的继承人,而且,你的这些话多么富于人情味儿!"

对方也笑了:"当然当然。尽管有了巨大的变化,我们仍是人类呀。"

谢晓东和妻子对视,没有就这个话题往下说。他们的心里多少是有些担忧的。回到180万年后的人类社会,不是容易适应的。但他们也很快找到了自我安慰的理由,毕竟,这比回到500亿年后的人类社会要强得多吧。

依电波的往返时间测量,地球离这儿已经很近了。对方说:"请你们打开所有的照明,好吗?地球现在已将所有的灯全部点亮,准备与你们会师。"

狄小星突然惊喜地喊:"看哪!"

在黑暗的宇宙背景中,忽然钻出一个小小的亮点,像针尖一样刺破黑暗。亮点极其迅速地扩大,很快变成了圆盘,变成了巨大的亮球,占据了半边天空。它是这样璀璨,这样耀眼,看起来像一个透明的发光体。地球继续逼近,白亮的强光中开始看见绿色和蔚蓝,绿色无边无际,蔚蓝无垠无限。绿色和蔚蓝之中是高与天齐、奇形怪状的建筑物,在建筑物的上方,是一个环绕整个地球的透明的天球。天球并不是绝对透明的,上面流淌着七彩的霞晕,缓缓扩展,变幻,消失,重生。两人入迷地看着,总觉得这些霞晕的变化似乎和他们有心灵感应。

朝闻道

谢晓东也打开了飞船上所有的灯,当然比起地球来说差远了,微弱得就像是皓月之下的一个萤火虫。但在黑暗的宇宙中,有这么两个发光体互相呼应,足以在人的心里激发出一种温馨的感觉。光速飞船和光速地球现在并肩飞行,两者速度差别很小,所以基本上处于相对静止。飞船进入地球的重力场后,飞行方向开始向地球倾斜。

地球上的那位先生说:"'夸父号',请开始降落吧。"

地球的透明罩有一处打开了,露出一个圆形孔洞,孔洞对着一个巨大的十字,那是飞船降落的基准。

谢晓东说:"4天前,我们为躲避一个黑洞,耗尽了能量,现存的能量已不足以降落了,我想,你们得派一艘救护飞船。"

"不必要,我们已在降落场开启了反重力装置。"

"反重力装置?"

"对,反重力装置,你尽管大胆地朝十字中心冲过来吧。"

谢晓东心中忐忑着,用仅余的能量调整航向,向着十字中心"冲"去。在重力作用下,飞船的下降速度越来越快,但在越过地球的透明罩之后,速度忽然稳定下来。现在,他们就像乘坐着高速电梯,平稳匀速地下降。舱外景色美不胜收。越过透明罩盖之后,飞船进入松软洁白的云层,几艘形状奇特的飞行器完全不顾重力规则,在天空中疾速飘移。天空的辉光拼成通天彻地的大字:欢迎"夸父号"的英雄们归来！然后是建筑物，它们有的在空中飘浮，与地面没有任何联系；有的从地面长出来，在云层探出头，随着微风轻轻摇摆，这些奇特的建筑超出了两人的想象力。谢晓东忽然想到一个问题："周先生，恒星都熄灭了，地球从哪儿索取能量？"

对方简洁地回答："能量是可以创生的，只要把伴生的负能量及时处理掉就行。等你们回到地球再补课吧，180万年的进步不是三言两语能说完的。再次提醒你们，地球人的外形已有了很大变化，你们见到欢迎人群时不要吃惊。"

夫妻二人对望一眼，不知怎的，他们始终对此心怀忐忑。当然，新地球人绝不会有任何恶意，但以后要生活在异类生物中——这事始终别扭。

谢晓东勉强笑道："我们已做好思想准备啦，不必担心。噢，对了，飞船外系缆着周涵宇先生的遗体，请你们小心。"

"不必担心，反重力场万无一失。"

飞船平稳减速，落在降落场上。两人心潮激荡，激情难抑，时隔12年之后，或者说，时隔470亿年之后，他们终于要踏上地球的土地了！孩子可不管大人的感受，他刚喳完奶，闭着眼睛，睡得十分香甜。小星抱上他，丈夫搂着她的腰身，一同走出了飞行舱。

在他们看到欢迎人群前，首先看到的是三个人：白须飘飘的周

朝闻道

涵宇老人，身边偎依着两个 16 岁的少年宇航员，那当然是他们两个。三个人脸上漾着灿烂的微笑，频频向他们招手。晓东和小星稍稍愣了一下，难道地球人的高科技把周涵宇老人复活了？又为他们克隆了两具替身？不过他们随即就明白了。那三人站在一个高高的基座上，上身可以动，但脚下不会动，他们的身躯也比正常人大了几倍。看来，这是地球人为纪念"夸父号"船员所建的塑像，不过塑像在某种程度上是活的。

两人定定地看着老人，心中甘苦交加，他们真想扑到老人怀中去哭去笑，想把怀中的孩子递到老人怀里，让老人亲亲他光滑柔嫩的小脸蛋。之后，他俩才看到雕像基座旁的欢迎人群——天啊，180 万年后的后代竟然是这么一种模样！不过，他们没犹豫，走下舷梯后，向那群姿态各异的生物快步走去。

野猫山 /张冉

轰炸东京

朝闻道

引子

  我知道这样一封信完全在你们的意料之外。

  当你们在一位终身碌碌无为的历史教师的遗物中发现这一泛黄的信封时,一定会以为那是我与某位友人之间咬文嚼字的通信,或是写给你们过世太早的母亲、没来得及寄出的情书,再不然,便是我留给你们的淡而无味的只言片语,就像过去二十几年里我每日所说的那些安身立命的迂腐道理。

  然而,这不是。

  这封信关于一段往事,一段我原本希望永远封存在记忆中的往事,可当接到确诊通知书的那一天,我突然感到非常恐惧,害怕生命太早消逝,这段往事将随着我一起化为飞灰。我下定决心,写下这封信,将它夹在《中国抗日战争全史》第一册的扉页。如果你们中有人同我一样对历史略感兴趣——哪怕只是因为整理我的遗物也好——打开我的书橱，这本书就在书橱第一层最显眼的位置，等待你们翻阅。看完这封信之后，你们会获知一段无人知晓的历史，一段中日战争史中埋藏极深、意义重大的秘史。到那时，希望你们以自己的学识、智慧和人格做出判断，决定是否将这段历史公之于众。这个选择已经困扰我接近 40 年，如今我终于可以卸下重担了，这是死亡能够给予我的最好安慰。

匆匆奉白，信长且乱，见谅。

一

到如今我还能清楚记得那一天的日期：1965 年 12 月 4 日。因为几天前，《人民日报》转载了姚文元在《文汇报》上发表的名为《评新编历史剧〈海瑞罢官〉》的文章。这篇文章不仅在中文系引起激烈讨论，在我们历史系内部也引出了针锋相对的两种观点，辩论无时无刻不在发生，就连教研室走廊上都站满了大声争辩的教师，这种环境让人很难专心致志地批改作业。

那天刚上完下午第二节课，我回到教研室收拾东西准备回宿舍。刚走出主楼楼门，还没打开自行车锁，一名学生就小跑着出

朝闻道

来叫住了我,说系主任在到处找我,看样子还挺着急。

我对当时任历史系主任的老严还是比较头疼的,我们之间许多观点并不合拍,偏偏他还对我青眼有加,总喜欢叫我去他的办公室,沏上热茶,摆龙门阵。既然被学生叫住,我只能揣起钥匙,夹着公文包转回系里,敲开了二楼最东头主任办公室的门。

这一次会面,本以为又是一次话不投机的清谈,谁知道最终竟颠覆了我的整个人生观,以至于在其后的几十年里,我都无法走出这一天留下的阴影。

老严开了门,笑呵呵地让我进屋。我一看就觉得气氛不对,屋里有客人。办公室的肖大姐正提着暖壶给客人倒茶,白瓷杯里漾起碧绿的茶香,那是主任轻易不肯拿出来的上好龙井。两个陌生的同志一坐一站。站着的是个小年轻,穿着没有军衔的崭新军装,样子显得有点拘束,手碰了碰茶杯的柄又赶紧挪开,看上去他不大好意思端起来喝;坐着的是个三四十岁的干部,皮肤黝黑,穿着风纪扣扣得严严实实的灰色干部服,头发梳得一丝不苟,不知道是来自哪个机关。

"这位是赵……同志,身后站着的是小李。这位呢,是我们历史系中国近代史专业的讲师张老师,他对中日战争这段历史相当有研究,应该能配合你们的工作。"老严热情地介绍道。

我莫名其妙地走过去,伸出右手跟站起来的干部相握。

"张老师你好,我姓赵。"这人脸阴沉沉的,一丝笑容都没有,介绍中也没有单位和身份头衔。

我们分别在沙发上坐下。肖大姐给我沏上龙井茶,拿着暖壶出去了。我好奇地望向老严,看到他正把一封盖着红图章的介绍信对折之后塞进信封,小心翼翼地压在办公桌的玻璃板底下。

"张老师,这次到师大来请求你们协助,不能说是政治任务,但确实与一宗关系到社会主义革命与社会主义建设的重大事件有关。我们急需一位熟知近代日军侵华战争史的人参与到工作当中。严主任介绍了你,是肯定你的能力,有为祖国和人民付出的立场和觉悟。"姓赵的干部嘴里说着场面话,眼睛直勾勾地盯着我,看得我心里有点发毛。

"我只是个小讲师而已,说不上有什么能力,不过能帮得上忙的话,还是很乐意的。"我顺着他的话答道,眼神又飘向老严,示意他赶紧把前因后果说清楚。

老严从抽屉里拿出一听马口铁罐装的红双喜卷烟,取出烟来发给大家:"抽烟抽烟。这位赵同志是从昌平过来的,路上跑了整整一下午。小张啊,我已经给你开好假条了,你吃过晚饭就随着赵同志去昌平办事。两天、三天回来都不打紧。你的课我让别人先代着,工资照发,每天一元五角钱的伙食补助,你看呢?"

我一头雾水地接过香烟,从兜里掏出火柴点着:"我一人吃饱,

| 朝闻道

全家不饿,出差倒是没事儿,可究竟去做什么呢?难道是抗日遗迹的恢复性重建?要说出现场也轮不到我啊……"

站在旁边的小李同志脸红红地接过一根烟卷,就着老严手里的火柴点着,吸了一口,捂着嘴,咳嗽两声。

姓赵的干部轻轻把老严的手一推,自己从上衣兜里掏出一个铝箔纸包的烟盒,倒出一根带过滤嘴的香烟叼在嘴上:"这件事的保密等级比较高,我们不能多说,你同意的话,请签署这份保密协议,到了那里之后就明白了。"他没急着点燃香烟,先从身旁的人造革挎包里掏出一摞纸,摊在了茶几上,又摸出一支钢笔,摘下笔帽递给我。

我草草扫了一眼纸上密密麻麻的小字,没看太明白,就看见最上面的框框里写着"等级:绝密",末尾公章盖的是"公安部预审局"。这个单位我从没听说过,不由得抬起头重新打量一下对面的干部。

姓赵的似乎习惯别人盯着他的眼光,眼神木木的,一点反应都没有。

"这是好事,小张。"老严靠在办公桌边吐着烟圈,"好事。"

当时那种环境之下,不由得我不捉起笔,在保密协议上签下自己的名字。我那时想得也简单,不管是苦差还是美差,出趟门散散心总比待在系里听别人吵嘴强,再说不就是去昌平嘛,一天就打个来回了。

"谢谢你,张老师。"姓赵的干部收起协议和钢笔,再次站起来跟我握手。我也赶忙站起来拉住他的手,心里还想,这个赵干部看起来冷冰冰的,做事还挺热情。谁知,他转脸对严主任说:"那么我们现在就动身了,晚饭在那边解决吧,趁着天没黑,还有一截山路要爬。"

"吃完饭再走吧,食堂现成的热乎乎的饭。"老严都从抽屉里掏出饭票了,闻言可怜巴巴地瞅着对方。

赵干部一点不领情地回绝道:"下次吧,下次。张老师,也不用收拾什么行李,顺利的话明天就能送你回来,咱们这就出发,没问题吧?"

"没……没问题。"我那时候脑中就一个念头:要去的地方可千万别让换拖鞋,我的两只袜子后跟都破了大洞,千不怕万不怕,就怕脱鞋。

二

他们的车停在校门口,是一辆成色特别好的黑色伏尔加汽车。这种车子我们俗称"金鹿",是当时最气派的汽车之一。自从外国

| 朝闻道 ___.

专家全部撤回国之后,保养良好的伏尔加汽车越来越少见,街上跑的都是上海凤凰牌小轿车和仿造伏尔加的东方红牌小轿车,看起来不像样子。

别看小李是个娃娃兵,车开得相当不错。轿车从和平门外新华街出发,平平稳稳地驶着,没用一会儿就出了北京城。

赵干部坐在前排,一路上都没说一句话。小李不时从镜子里瞅我一眼,仿佛有心说话又不敢说。

我自己闷在后排,心里有点隐隐约约的不安,也有点后悔临行前不去趟厕所,不过面上还是显得很淡定,假装望着车窗外一棵棵掠过的枝叶全无的枯树。

车子开得稳当,暖气又开得足,没用多久,我就抱着公文包睡了过去,等再醒来的时候外面已经一片漆黑。我是被颠醒的。路况明显变差了,伏尔加轿车射出两道昏黄的光,照亮前方坑洼不平的、弯弯曲曲的柏油路。我感觉车子似乎是在上坡,发动机嗡嗡地吼着,速度却快不起来。那天,月光星光都不明朗,窗外树影婆娑,看不清开到了什么地方,车里除了发动机运转声和暖气的呼呼声之外一点动静都没有。小李的侧脸映着仪表板的灯光,绿油油的,有点吓人。

"快到了。"姓赵的干部突然开口说了句话,吓得我汗毛全竖了起来。"是吗?快到了就好。"我敷衍应道,心里不断盘算着这是走到了什么荒山野岭。

没想到赵干部说得真准。

几分钟后,伏尔加轿车转过一个弯,车前豁然开朗。隐隐约约能看出这里是一个口袋般的地形,除了车子驶进来的一条柏油路之外,其他三个方向都被崇山峻岭包裹着。三座山峰像把老虎钳将一片黑压压的建筑夹在中央。随着车子驶近,建筑物高耸的外墙和铁丝网变得清晰起来,四只探照灯来回扫射,围墙四角都有高高的岗楼——这分明是一座监狱!

当时的我并不知道这就是后来闻名天下的秦城监狱,只感觉到有点毛骨悚然。

监狱这种地方就算白天看也显得鬼气森森。小的时候,我家住在北京德胜门外,距离功德林监狱不远,那座由寺庙改建的老监狱给我童年留下了不少恐怖的阴影:"赵同志……我们到监狱做什么?"我声音发抖地问道,脑中快速反思着近期自己的作品、言论和行为。如果这是一次秘密逮捕的话,那么老严确实串通警察演了一场好戏。

"放心,张老师,这次需要你帮助的地方,就是在提审一位犯人的时候利用你的历史知识找出其供词中的疑点。但要注意,不要问任何问题。同时,犯人是受过高等教育、潜伏非常深的阶级敌人,千万不要被他的语言蛊惑。"赵干部并不回头,坐在前面沉

| 朝闻道

声说道。

这话缓解了我内心的紧张,但同时也增加了我内心的疑惑:"审问犯人为什么需要一位历史教师在场?……哦,赵同志,是不是审问对象是一位战犯?"话说了半截,我突然一拍脑袋。德胜门外功德林监狱以前关押的就是战犯,我自然而然产生了这样的联想。

"并不是。不过……有相近之处。"赵干部沉思了一下,回答道。

这时,车子驶到监狱大门前,小李闪了两下大灯,两扇漆黑的大铁门慢慢开启。伏尔加汽车一直开进监狱深处,在一排平房前停了下来。"到了,我们下去吧。"赵干部推开车门,喊了我一声。

我们都下了车。我四处张望一下,这里似乎是整个监狱的中心地带。放眼望去,能看到四栋三层高的楼房分布在四个角落,青砖坡顶的小楼房形状各不相同,建筑考究,看起来并不像监狱,倒像首长住的高级楼房。

这里没什么照明设施,赵干部拧亮一把手电,带着我深一脚浅一脚地向其中一栋走去,这栋楼外墙漆涂的编号是"204-丁"。楼门前两名荷枪实弹的卫兵"啪"地对赵干部立正行礼,小李立刻立正还礼,姓赵的却只摆摆手,示意他们打开楼门。

"这里关的都是什么人啊?"走进楼后,我发现长长的过道铺着深色木头地板,每隔一段就有一盏电灯照亮,墙壁涂成蓝色,显得干净又气派。我心头的疑惑更甚,不禁问道。

"嘘,不该问的别问。"小李好心地冲我做了个别说话的手势。

赵干部带我们登上楼梯,楼梯和扶手同样是由光滑的木头制成的,我不认识木头的种类,但看起来绝非便宜货色,应该是柚木、胡桃木之类的名贵木种。每层的楼梯口都有卫兵守卫,他们无一例外地向赵干部立正行礼,姓赵的依然只是摆摆手,显得有点傲慢。第三层只有五个房间,我们沿着走廊走到尽头,打开一扇红色木门,走进一个有点空旷的屋子。这间屋子四壁同样漆成蓝色,窗户上盖着厚厚的深蓝色窗帘,一盏60瓦的灯泡将屋里照得雪亮。屋子正中间孤零零地摆着一把扶手椅,靠门放着两张写字台、几把折叠椅,写字台上有台灯、墨水瓶、笔记本、烟灰缸和茶杯。

不用多说,这是一间审讯室。

"坐。"赵干部拉开一把折叠椅,示意我坐在写字台后面,"隔壁房间有专人负责记录,你不必记下犯人说的每一句话,但别忘记你的任务,你要负责挑出犯人陈述中的漏洞,戳穿犯人道貌岸然的假面目!这里有纸和笔,还有什么需要的话尽管对我说。"

"我仍然不太明白,赵同志,不过我尽量配合,尽量配合。"我把公文包摆在大腿上,看看桌上的钢笔和信纸,信纸上印着"公安部预审局"的字样,红红的宋体字让我心里有点发慌。

| 朝闻道

赵干部点点头:"不用紧张,只是配合而已,审讯是由我们来完成的。"

没说几句话,房门打开了,小李和另外一名卫兵押着一名犯人走了进来。

犯人身穿深灰色劳动布囚服,头上罩着个棉布口袋,似乎是为防止犯人认清监狱地形而做的防护措施。两人将犯人拉到屋子当中,摁倒在扶手椅上,"咔嚓咔嚓"地用手铐将犯人与椅子铐在一起,接着掀去了遮脸的布袋。

"小李,你们出去吧。"赵干部揪下钢笔帽,眯起眼睛望着对面坐着的中年女人。

三

我没想到犯人居然是一个女人,但很快意识到这是某种性别歧视——女性既然能顶半边天,为什么不能成为阶级敌人?我也学着赵干部的样子摘下钢笔帽,在信纸上试了试水,墨还挺足。

灯光照着女犯人的脸,监狱里暖气很大,她的囚服里只穿着件厚毛衣,没有穿外套,脸上却也见了汗。她约40岁的年纪,头发理得短短的,身形消瘦,面色苍白,两颊有点凹陷,显得一双黑眼睛出奇的大。

她给人的第一印象并不像一名囚犯，当然更不像十恶不赦的战犯。她身上有一股浓浓的书卷气，如果穿上得体的衣服，更接近大学校园里的女教师形象。

"124号。"赵干部清了清嗓子，拿钢笔尖戳着信纸，朗声说道，"124号犯人，这次提审是你的一个机会，我们请来了专家，以帮助你认清当前的形势，彻底交代一切罪行。现在悔过尚且不晚，难道你还要执迷不悟下去吗？"

女犯人慢慢抬起头，直视赵干部的眼睛，说："夜间10点钟，我已经上床就寝了，你们就这样将我从床上拖下来进行审问，这难道不是某种罪行吗？"

赵干部脸上露出一个阴恻恻的笑容，这是我第一次见他脸上流露出某种表情："对于你这种反革命分子，宽容才是罪行。不要再花言巧语了，现在从头开始交代吧。"

"从头开始？"女犯人无奈地摆摆头，"这已经是多少次了？为何要一遍一遍听你们自己都不相信的话？"

"从头开始！"赵干部一拍桌子，大声喝道，把我吓了一跳。

124号犯人舔舔嘴唇，开始小声说着什么。"大声点！"赵干部又一巴掌拍在桌子上，震得烟灰缸弹得老高，他马上扭头对我说，"对不起，对于某些人来说，不这样他们就不知道配合。"

| 朝闻道

"是的,看来是这样。"我只能顺着他回答道。

女犯人顺从地提高了音量,开始叙述一段往事。由于赵干部不断在所有他认为存在疑点的地方打断陈述,导致这段自述变得支离破碎,很不容易理出头绪,我尽量将她的话完整地转述出来。

"那年冬天,日本人的飞机来到了长沙城,四处投下炸弹,父母带着哥哥和我离开长沙,前往昆明避难。我父亲……"

犯人刚说两句话,赵干部就将其打断:"闭嘴!不准说出你父母的名字!这件事发生的具体时间是什么时候?"

"我记不清了……"女犯人皱起眉头。

"1937年11月底,日机第一次侵袭长沙小吴门和火车站等处,造成三百余人死伤,其后断断续续地进行轰炸。长沙作为战略要冲,一直是日军的重要突击目标之一。要说冬天的话,应该是37年底、38年初的样子吧。"我想了想,说道。

赵干部瞪了犯人一眼:"继续!"

"我们乘坐长途汽车一路向西前进,为了躲避日本人的轰炸,汽车在白天休息,于夜间开动,断断续续地开了几天,终于进入贵州省境内。那是一个贵州、湖南交界处的小县城。车子抛锚了,父母带着我们下车步行进城找地方投宿。沿街的所有旅馆都挤满了逃难的人,没有一个空的床铺,天下着雨,我们又冻又累,父亲的背病发作了,几乎无法行走,而母亲长久以来的肺病也让她更加虚弱。在几乎绝望的时候,我们突然听到有小提琴的乐声响起,在那样凄风冷雨的夜里,在那样潦倒破败的街巷,居然听到优雅活泼的小提琴世界名曲,这感觉非常美好,美好到不太真实。我现在犹然记得,那是威尔海姆改编自舒伯特的小提琴名曲《圣母颂》。"随着她的叙述,女犯人脸上渐渐露出怀念的神往表情,像是温暖悠扬的小提琴曲再次响起在耳边。

"梁犯!"赵干部突然大喝一声,他立刻发觉不小心叫出了犯人的姓氏,警觉地瞅了我一眼,改口道,"124号!减少描述,陈述事实!"

"是的。"女犯人低下头,"我们循声找到一家旅馆,叫开了门,原来拉小提琴的竟是一群空军航校的年轻学员。他们是杭州笕桥航空学校的学员,因日军攻陷杭州,航校被迫搬迁至昆明,学员们自行搭车赶往云南,半路在此投宿,竟因提琴声与我们巧遇。他们好心地腾出一间房间,让我们得以避开风雨,吃到热乎乎的食物,好好休息一夜。在这患难的时期,我的父母与这些年轻活泼的青年成了好朋友。第二天,他们就率先开拔,我母亲却发起高烧来,足足休息了几天之后才得以继续赶路。"

赵干部从鼻孔哼出一口气:"嗤,中央航校……国民党的航校!什么中央航校……"

我用心听着这段故事,一时间无法做出判断,也就没有出声。

朝闻道

四

"我们最终到达了昆明。父母在研究机关与联合大学谋到了职位,我们的生活逐渐安定下来。很快,我们同八位航校学员再次见面。这些人都来自浙江、江苏、福建地区,家乡大多已经沦陷,山高水远,独居异乡,训练枯燥无味,生活寂寞。'德国教官会拿鞭子抽人的。'他们说。他们每周休息时都会到我们家做客,三五成群地过来聚会,那是他们最欢愉的时光。那时,我父母在昆明市郊龙头村借来一块地皮,请人修筑了三间土坯小屋,这座屋成了他们的'避难所',谈笑间能暂时忘却思乡之苦。

"我犹记得那座屋左边是邻村'瓦窑村'。这村以烧陶器闻名,一条水渠蜿蜒绵长,长堤上长着郁郁葱葱的桉树。周末的黄昏,我会在长堤上等待结束作训的大哥哥们结伴走来。他们穿着笔挺制服的样子令人着迷。不光在我眼里,在联合大学女学生的眼里,他们也是最时髦的一群青年。"

女犯人的故事似乎有点不着重点,但赵干部很耐心地听着,打断的次数也逐渐变少。

这里没有需要我验证的地方。1938年的昆明基本上是安全的,直到10月份日军攻陷武汉,才开始利用武汉机场起飞飞机轰炸昆明市区。

"那时昆明航校的设备非常落后，只有几架东拼西凑的破烂道格拉斯教练机，学员因飞机失事而死亡的概率很高，几乎每周都有事故发生。到1938年底，八名青年终于以第七期学员的身份从航校毕业。他们的父母、家人都在远方，于是邀请我的父亲和母亲作为名誉家长出席毕业典礼。父亲在典礼上自豪地致辞，我们一齐观看了教练机的飞行表演。那时，每个人都很快乐，他们兴奋于终于成为合格的空军军官，可以为抗日事业出力了；我们的快乐在于多了一群活泼健康的亲人。在那时的中国，还有什么比亲人团聚更快乐的事情呢……但很快，日本人对昆明的空袭开始了，他们被编入飞行大队，开始驾着老旧的道格拉斯飞机和霍克飞机对抗日本人的新型战斗机。"女犯人说到这里，神色显得有点黯然。

"空袭的话……"赵干部听到这里做了个暂停的手势，转向我寻求解释。

"是的，1938年年末，昆明开始遭到日军空袭，中方……不，国民党反动派的战斗机又少又老旧，根本无法与日本鬼子对抗。"我立刻说出早准备好的回答。

女犯人点点头，继续说道："没过多久，一封阵亡通知书就寄到了我的家中。那是一位姓陈的大哥。他是一个爱讲故事、爱开

| 朝闻道

玩笑的广东人，总是喜欢讲与日本人在空中缠斗的离奇经历，没想到，他真的在与日本战机的对战中坠地身亡。八位青年都将自己的通信地址留为我家的地址，把我的父母当成了亲生爹娘。没等我们从悲痛中走出来，第二封阵亡通知书就到了。那是一位姓叶的大哥，身形瘦高，不善言谈。他曾两次在教练机的坠机事故中生还，摔掉了南洋华侨与各界同胞集资购买的飞机，他的心情非常沉痛，发誓决不再跳伞逃生。后来，在一次警戒飞行中，他的飞机发生严重故障，机长命令他跳伞，但他没有服从，还想挽救那架珍贵的战斗机，硬是同飞机一起坠地，机毁人亡。

"后来，1940年冬天，我们举家从昆明迁往四川宜宾李庄，但青年军官们的阵亡通知书还是一封接一封地寄来。当年在旅馆中拉着动听小提琴的黄姓大哥同样牺牲在日本人的枪口下，他击落了一架敌机，在追击另一架敌机时被敌人击中，遗体与飞机一起摔得粉碎，以至于无法妥善收殓。终于，最后一封阵亡通知书出现在邮递员手中，父亲与母亲的悲痛无以复加，他们一遍遍地翻看这些青年人的照片、日记和信件，为消逝在天空中的英魂暗自垂泪。

"八封阵亡通知书，八份遗物，八条青年抗日志士的生命……"女犯人垂下眼帘，声音变得微弱。

"别说这些！说重点！"赵干部吼道，"继续说！"

124号犯人语声幽幽:"1941年,刚刚从航校第十期毕业的三舅,我妈妈的三弟,与八名青年一样牺牲在碧空。我妈妈悲痛欲绝,写下一首诗悼念三舅,同时也悼念那些亲爱的青年军官,诗句是这样的:

> 弟弟,我没有适合时代的语言,
> 来哀悼你的死。
> 它是时代向你的要求,
> 简单的,你给了。
> 这冷酷简单的壮烈是时代的诗,
> 这沉默的光荣是你。
> ……
> 你相信,你也做了,最后一切你交出。
> 我既完全明白,为何我还为着你哭?
> 只因你是个孩子却没有留什么给自己。
> 小时我盼着你的幸福,战时你的安全,
> 今天你没有儿女牵挂需要抚恤同安慰,
> 而万千国人像已忘掉,你死是为了谁!

我听着朴实而动人的诗句,一时间觉得有点恍惚。但那些为抗日而牺牲的青年，面目却似乎渐渐清晰……

这时，赵干部突然站了起来，带着一阵风，大踏步地走到犯人身前。"啪！"一记响亮的耳光声将我惊呆了。女犯人的脑袋歪在一边，头发散乱地贴在额头，脸上慢慢浮现一个血红的掌印。"让你说重点！听不懂我说的话是吗？"赵干部大声说道。

"是，能听懂……"女犯人嘴角溢出血沫，带着屈辱，低声回答道。

赵干部大踏步走回写字台后坐了下来，犹自呼哧呼哧地喘着气，黑脸上漾起愤怒的红晕。他突然扭头冲我说："别被她的话所迷惑！她的身份不像你想象的那样简单——实际上，她与日本人有着密切的关系！"

"什么？"我禁不住上下打量着那个被铐在椅子上的女人。

五

赵干部拉开写字台抽屉，从里面拿出一个牛皮纸档案袋，绕开封口线，抽出一张裱糊过的泛黄纸张，向犯人示意："你看看这是什么？"

124号犯人睁大眼睛看了一会儿："是阵亡通知书。"

"谁的?"赵干部厉声道。

"我……我看不清……"女犯人低声说。

"这就是你口中所说的陈大哥,第一个死掉的国民党飞行员的阵亡通知书!"赵干部吼了一声,将那张纸丢到我面前。我借着60瓦灯泡的光仔细地看着。纸上打着油墨格子,格子里用工整的小楷写着:

姓名:陈桂民

所属部队:第七飞行大队第二十中队

职务:空军中尉

家族名号:广东阳江陈家(二丁堡)

死亡事由:编号甲零十五号飞机对日阻击作战不利坠落

时间:一九三九年六月五日正午

埋葬地点:圆通寺外临时安葬点二

相貌及特征:方脸,颈部有胎记,左侧犬齿

住址:略

"是……陈大哥的阵亡通知书……"女犯人顺从地说道。

"这样的通知书我还有很多。"赵干部拍拍那个牛皮纸档案袋,有些许得意,"那么,这段事实基本上清楚了,张老师,你也听清

朝闻道

楚了吧，这一个段落应该没有什么疑问。"

我犹豫地说道："是的，这段历史是真实的，但我不明白……"

"那就行，下面讲讲1964年8月份发生的事情吧。"赵干部没有给我发问的机会，摆摆手示意犯人继续。时间跨度一下子从1941年跳到1964年，我的脑子完全没转过弯来，心中的疑惑已经升高到了顶点。但现在可不是问问题的好时机。我从衣兜里摸出半根烟卷——系主任老严发给我的烟只抽了半根就被我掐灭收了起来，此刻正好派上用场——从烟灰缸里拿起火柴盒，征询地看了赵干部一眼。黑脸男人不置可否地掏出铝箔纸烟盒，拿过火柴盒给自己点了一根过滤嘴香烟。我一看，也坦然地点上了香烟。我们两人吞云吐雾，不一会儿就弄得审讯室里烟气缭绕，连灯光都显得昏暗了。

女犯人皱了皱眉头，像是对烟味有点不满，但她还是开口了："1964年8月，我正在……"

"不许说出工作场所和工作内容！"赵干部及时喝止了她的陈述。

"知道了。"女犯人考虑了一会儿，似乎在斟酌措辞，"1964年8月10号或者11号，我记得那天应该是个星期天，我正在家中一边听广播，一边缝补丈夫的长裤，突然接到……上级的通知，要我去一趟……工作单位。"

"8月9日，星期日。"赵干部纠正道。

"是的，8月9日，星期日。我乘坐公共汽车到达了工作单位，在会客室中见到了那个日本人。他的名字可以说吗？"

"说吧。"赵干部吸了一口烟，把烟头掐灭在烟灰缸里，重新拿起钢笔。

"我见到了来自日本大通株式会社的社长五十州关男先生，和我国有关部门的陪同人员。他是跟随到北京参加友谊赛的日本乒乓球代表队一起来到中国的，他的公司是日本乒乓球队的主要赞助商，因此得到了特批。实际上，在1962年廖承志同志与日本方面签署民间贸易备忘录的时候，五十州先生就曾申请赴华开展商业活动，不过，当时没有得到允许，直至1964年才来到中国。"犯人说道。

赵干部突然冲我一笑，这意义不明的笑容让我觉得有点毛骨悚然："听好，张老师，她要说到关键的部分了。"

"五十州关男先生说对我们企业生产的某种产品很感兴趣，希望能详细了解一下情况。由于我对该产品比较了解——当然，并非直接负责——并且五十州先生指定由一位女性为他讲解，所以在参观工作单位之后第二天，我带着样品到达他位于北京饭店的套房进行商务洽谈。没想到，在那里他并没有谈及商品进出口的事宜，而是说起了抗日战争时期的往事。他说他认识我，对我非常熟悉，此生能够再见到我一面，简直是奇迹之中的奇迹。"女犯人平静地叙述道。

赵干部突然从档案袋里抽出一张黑白相片,高高地举起来:"是不是他?"

"是他。"犯人立刻承认道。

相片是一个头发斑白的亚洲人的半身照,大约50岁年纪,动作拘谨,脸上带着日本人特有的谦逊笑容。"你瞧吧,张老师。"赵干部将相片丢在我面前,正好与25年前陈桂民的阵亡通知书摆在一处。我左右一瞧,立刻就发现了他的用意,通知书中对阵亡者的描述是"方脸,颈部有胎记,左侧犬齿",而相片中的日本人虽然略有发福,但国字脸、犬牙和脖颈上的青色胎记清晰可辨。

"你是说……这个日本人,是已经阵亡25年的国民党飞行员?"我震惊中问道。

"啧,你瞧瞧。"赵干部摊开双手,有点得意扬扬。

六

"你是说,这名叫作陈桂民的空军飞行员并没有死于坠机事故,而是秘密潜逃至日本,当了一所大企业的经理,然后再回国来找这位……"我的话说了半截,发现不知该用哪个词来代指眼前的女人，叫"同志"显然不妥，叫"小姐"是万万不能，直呼"犯人"又显得不尊敬，不由一时语塞。

幸亏赵干部拾起了话茬："对！这也是我们的猜测。陈桂民死于1939年6月，当时是24岁，他活到今天的话应当是50岁，与照片上的日本人吻合。我找当时负责接待外宾的几位同志谈过话了，他说五十州关男无意中曾说过几句中国话——准确地说，是广东话。这个日本人很警觉地立即否认自己会说粤语，但再狡猾的狐狸也斗不过好猎人，他的一举一动都被记录了下来。研究广东话的同志分析录音带后指出，此人说的是粤语的一个分支：阳江话。"

我低头再次观察照片，事实上很难分辨这样一位老人的年纪，说50岁可以，说六七十岁也没问题。"为何能断定是阳江话呢？仅凭只言片语，没准只是巧合呢？比如一位朋友告诉我，用上海话说'葡萄'这个词的时候，发音和日语中的'葡萄'（ぶどう）一模一样。"我想了想，开口问道。

赵干部严肃地扭头望着我："问得很好，我们不能草率地得出结论，那不是马克思主义、毛泽东思想指导下的辩证唯物主义工作方法。事实上，语言专家举了几个例子，比如有一天北京下起大雨，五十州关男无意中说出了'落水'这个词。普通话说'下雨'，广州话说'落雨'，唯有阳江话会说成'落水'，这是确凿无疑的证据。"

在我们对话的过程中，女犯人一直低着头没有说话，也没有针对日本人的身份做出辩解。这时，赵干部突然一拍桌子："事实还不够清楚吗？早在抗日战争时期，你就与国民党反动派过从甚密，这些人无耻地出卖了国家和民族，伪装飞机失事，制造死亡的假象，投敌卖国，取得了日本人的身份，如今利用你们不可告人的关系重新取得联系，想利用你的职务之便向外传递机密情报！我们已经完全掌握你勾结外国的犯罪事实，不要再负隅顽抗了，交代全部犯罪内容，不要在错误的路上越走越远，梁犯！"

赵干部一不留神又叫出了犯人的名字，但我旁听到现在都没搞明白她究竟是做什么工作的。姓赵的家伙是个大嗓门，他的声音嗡嗡地在空荡荡的审讯室里回荡，小李推开门看了一眼，确认我们都安然无恙后又将门带上。

"我没有犯罪。"女犯人终于开口了，声音相当平静，"我无数次重申过这一点，但你们只用无理取闹的方式一次次逼供，诱导我写下子虚乌有的证言。我没有卖国，我没有背叛祖国和人民，我没有泄露任何机密情报，我无愧于我的岗位，也无愧于党和国家的信任！如果你们只是想将一个无辜的女人长久地关在监牢中，那恭喜，你们的目的已经达到了；但若有万分之一的机会让你们严重匮乏的良心肯听我说出事实的真相，那么我已经做好再次陈述事实的准备——就像之前我多次说过的那样。"

赵干部"砰"地一拍桌子，但这次他将愤怒压抑住了，紧紧闭着嘴巴，额头的一条青筋忽隐忽现。"张老师，"他突然扭头盯着我，阴沉沉的眼光看得我很不舒服，"接下来就需要你来协助我了。"

"当然，当然。"我咽了口唾液，无意识地在纸上画了几条波浪线。

"每次审讯进行到这里，124号犯人都会用一套准备好的说辞来混淆事实。她嘴里的话非常离奇，就连最下作的小说家也编不出来，居然以为我们会相信！"赵干部用脚从桌子底下钩出痰盂，"咯——噗！"将一口浓痰狠狠地吐了进去，"我们使用了公安部最新研制的高精尖设备：微电子测谎仪对她进行了探测，也找来医院的精神科专家对她进行过评估，得出的结论是精神完全正常，也并没有说谎。等一下你就会觉得好笑了，张老师……她竟然真的相信那一套乱七八糟的玩意儿！"

我谨慎地点点头，说："那么，要我做的是找出她话里的漏洞，证明她即将说出的事情全部是谎言，对吗？"

"那不是最终目的，不过你可以这样理解。"赵干部扭动身体，摆出一个舒适的坐姿，双手不安定地敲着桌子，冷冷地开口道，"开始吧。"

女犯人抬头望着灯泡里明亮的钨丝，表情宁静地开始陈述。

| 朝闻道

我拿着钢笔在信纸上写下一个"1964年"。事实上,我也不知道为什么要这么做,或许只是想装作记录什么,以缓解屋里紧张而神秘的气氛吧。

七

124号犯人说道:"1964年8月9日,我在北京饭店的一间客房中与五十州关男先生会面。由于谈话的内容可能涉及国家机密,几位陪同人员在外屋等候。我们关上屋门,在套间的内室对坐交谈。我将产品资料摆放在咖啡桌上,但五十州先生用他的礼帽盖住了那几张铜版纸,弯下身子凑近我说:'你认不出我了吗,小得螺?'

"'得螺'是昆明方言中'陀螺'的意思。在昆明居住的那段日子,八位空军学校学员看我喜欢穿着花裙子转圈,就为我起了这个外号。20多年来,我早已忘记这两个字眼,没想到现在竟由一位日本客商的口中说出来,当时我吓了一跳,失手碰洒了杯中的咖啡。'你果然忘记我了,小得螺。'五十州先生并没有惋惜他那被咖啡弄污的礼帽,而是很惆怅地望着我,眼神中有一种奇怪的失望之色,'也难怪,都过去这么多年了,我老了,你也早不是小女孩儿了。'

"他说的是带着南方口音的普通话。这种口音，阔别已久的外号和他颈上那飞鸟形状的青色胎记一下子唤醒了我的记忆，但我无论如何没办法相信眼前的日本商人竟是20多年前牺牲的中国飞行员，我那早夭的异姓兄长。'五十州先生，您……您认识陈大哥吗？'当时我这样问道。

"'我就是陈大哥啊，小得螺！'他脸上浮现出狂喜之色，我从没在一个人的脸上看到过那么喜悦的神采。在这一刻，坐在咖啡桌对面的不再是个白发苍苍的日本客商，而是一个激动的、雀跃的、喜极而泣的中国青年。'我等这一刻等了好多年了，小得螺！这下得好好跟你聊聊！'他揉揉发红的眼睛，捉住我的手，笑着流着泪同我说话。

"我的心情非常复杂，但随着时间流逝，我心中的惊讶和怀疑逐渐消解，最终放下了警戒。我花了整整10分钟与他谈论昆明郊外的往事，对我记忆中已经模糊的微小细节，他都能娓娓道来。有些事，是只有陈大哥本人才可能知道的。我终于确认，这位五十州关男先生，就是20多年前死于空难的空军学校第七期学员陈桂民大哥。'陈大哥，你是怎么从飞机失事中幸存的？又为何换了日本名字？你一直生活在日本吗？为何不回国呢？'一旦消除怀疑，被埋藏多年的情感就迸发而出，我惊喜地反握住他的手，连珠问道。

| 朝闻道

"'飞机并没有失事。'陈大哥叹了口气,眼睛望着照在地毯上的阳光,'那只是一个障眼法,小得螺。你们全家、我所有的同僚与朋友,甚至德国飞行教官都被蒙在鼓里。我与七名同僚加入了一次绝密的任务,这次任务是由委员长直接指派给我们的,就连飞行大队的指挥官都无权干涉我们的行动。'

"'你是说,其他七位大哥也都没有死?'我惊喜地叫道。

"陈大哥慢慢摇了摇头,端起冷掉的咖啡喝了一口,苦笑道:'事情说来话长,不能简单用生与死来概括,容我慢慢讲给你听。不过,在讲故事之前,有一个人你一定要见一见,可不要过分激动,小得螺。'

"他说着话,站起来打开了卫生间的门。一个黑头发的男人走了出来,三四十岁的年纪,身材笔挺,眼神发亮,笑容和煦,既英俊又文雅。这次我直接认出了他,'黄大哥!'我不敢相信地捂住嘴巴。

"黄大哥就是在那个凄风冷雨的夜里拉起小提琴奏出《圣母颂》的提琴手,他的死亡通知书在我们举家迁至四川李庄之后才送来,是八位学员中第三个传来噩耗的——他竟也活着!我惊喜不已地跳起来,却立刻又感到莫名的恐惧:黄大哥与陈大哥年纪相当,如果活到今天,也应该是50岁的人了,但为何他看起来会如此年轻?我的目光在两个男人身上来回移动,不由自主地攥紧了衣角。

"'别怕，小得螺。'陈大哥安抚我道，'我活着，他也活着，只是差了几岁年纪，其中缘故，我现在就说给你听。1939年5月，日本鬼子的飞机在昆明城上空飞来飞去，我们没有足够的飞机和燃油与他们对抗，只能像老鼠一样缩在洞里等空袭警报过去。突然，传令兵过来点我们八人前往司令部报到。当时我们不知道是什么事，但委员长的传召可是千载难逢的事情，除了在画片上，我们还没亲眼见过这位大人物哩！'"

正在这时，赵干部突然喝止了犯人的陈述："停一下！张老师，这个委员长是反动派头子蒋介石吗？"

我想了想，答道："我想不是的，应该指的是中华民国航空委员会主任周至柔。当时还没有空军总司令这个职位，掌握空军作战指挥权的前敌总指挥毛邦初与负责全国空军事务的周至柔是空军的实际指挥者。两人分属不同派系，互相多有倾轧。周当时在昆明统帅空军大队，兼任中央航校校长。不过，这些学员的叫法是错误的，航空委员会的委员长由蒋介石本人兼任，周至柔应该被称为'校长'或'主任'。我不知这算是个纰漏，还是当时一种通行的称呼。"

"啊哈！"赵干部亢奋地用双手拍向桌面，像只盯住猎物的大蛤蟆似的趴在写字台上望着犯人，"瞧瞧，专家同志一下子就发现问题了！你还想继续说下去吗？那只会让你的马脚越露越多！"

| 朝闻道

　　124号犯人神情奇怪地望着我们："我不知道正确与否，当时陈大哥就是这么说的。他接下来说：'传令兵不让我们和中队长汇报，直接领着我们到了空军司令部。委员长正在里面等着，他是个很严厉的人，但说出的话很和蔼。他发了几张油印纸给我们，上面写着一些坐标、高度，下面印着一张地图。那是距离昆明30千米的一处山区，我们都看懂了地图，只是不明白要干什么。委员长接着做了一场激动人心的演讲，宣布我们八人将执行绝密任务，从今天起脱离第七飞行大队二十中队的编制，直接由特别委员会管理。我们八人将配备最新型的飞机，依次执行任务，任务时间不确定，但最近的一次，将在6月份。我们抽签决定了顺序，执行首次任务的将是我。我们都很紧张激动，委员长拉着我们的手，感谢我们为了中华的未来不惜牺牲生命浴血奋战，我们也都喊出响亮的口号，表明决心。'

　　"我非常奇怪，不由问：'究竟是什么任务？到山区里做什么？'

　　"他们两人对视一眼，陈大哥点点头，由黄大哥代为回答道：'小得螺，如今告诉你也没关系了，这次我们回国与你见面，不仅是想与故人重逢，也想让这件事流传出去，让世人知晓，毕竟我们已经独自承担太久了。那山里……藏着一个天大的秘密，为了这个秘密，委员长不惜冒着危险从重庆飞来。'"

　　听到这里，我突然"啊"的一声叫出口，笔尖噗地把信纸戳出一个洞来。我刚才的分析完全错误了,犯人转述的对话中提到的"从重庆飞来"的委员长应该就是国民党军事委员会委员长蒋介石本人!1937年年底,国民政府迁都重庆,1939年5月1日,蒋介石刚刚在重庆发表了著名的南昌督战令,限令五天之内攻克南昌城。从时间上来看,他在5月份偷偷飞往昆明是有可能的,但究竟什么机密任务能令他冒着战火亲临空军基地,亲自接见八名年轻的空军军官?昆明郊区的山区中到底藏着什么样的秘密?

"怎么了?"赵干部瞧了我一眼。

"没……没事,有点儿热……"我把额头的冷汗当作热汗,顺势脱掉了身上的夹袄。

八

敲门声响起,小李提着暖壶走进来,给我们一人沏了杯酽茶。抿了一口茶水,我才发觉自己早已口干舌燥,身体有些疲惫。赵干部的手表显示时间已经过去了一个半小时。

"给她也倒一杯水。"赵干部指一指犯人。小李找来个搪瓷缸子,倒了一缸滚烫的开水端过去,一把塞进女犯人手里。"谢谢……"124号犯人很有礼貌地说道。小李从鼻孔里冷冷地哼了一声。

| 朝闻道

门关上了。"继续。"赵干部又点了根烟,说道。

"是的。黄大哥说:'委员长没有细说,很快便离开了,校长走进来继续说明情况……'"

听到"校长"两个字,赵干部向我投来疑惑的眼光,我装作没有察觉,用茶缸掩着脸,默不作声。

"'校长说我们即将执行的任务,是世界军事史上前所未有的壮举,我们将用血肉之躯,创下中华民族雄壮不屈的光辉未来——我们将驾着飞机飞往日本,对东京的战略目标展开突袭。'"女犯人抿了一口开水,说道。

我脑中浮现出一段资料,立时伸手叫停:"轰炸日本吗?这个我倒知道。国民党早在1936年就制订计划准备轰炸日本佐世保、横须贺基地及东京、大阪等城市,但随后在对日作战中折损了所有的大型轰炸机,计划被迫叫停。到了1938年,外国援助的马丁139型轰炸机来到中国,1938年5月份,两架轰炸机从汉口起飞,轰炸了长崎、福冈等日本城市,但由于航程过长,炸弹舱都被改造成了油箱,中国轰炸机最终没能投下炸弹,只是撒下了几百万份传单。尽管如此,这也是整个抗日战争中中国唯一一次轰炸日本本土的壮举。那些传单上写着'尔国侵略中国,罪恶深重。尔再不逊,则百万传单将变为千吨炸弹,尔再戒之'。确实是令中国军民扬眉吐气的一幕!"

赵干部没有插话。女犯人点了点头，又摇了摇头，说："他们说的轰炸东京也是这个战略的一部分，但并非由东海飞去，而是从昆明的山区直接飞到东京上空。他们说，科学人员发现了一个神奇的裂口，从那个裂口进入，就可以在东京出现。而他们的目标也并非军事基地，而是日本天皇皇宫。"

这惊世骇俗的言语让我呆住了，久久不能出声。赵干部带着一副"早知如此"的神情瞟了我一眼："瞧瞧，我第一次听到这些屁话的时候也是这副模样。现在是什么时代了？是20世纪中叶了，是科学的时代了！你说的这些根本就不符合科学理论！一派胡言！"

"我没有说谎。"犯人执着地强调着，"当时的军队内部确实掌握了这一信息，如果你查阅当时的机密档案的话，一定可以……"

"我查了，查了！"赵干部突然拉开抽屉，取出另一个档案袋，啪地拍在桌上。他打开牛皮纸袋，抽出一个泛黄的旧式信封，信封里是几页边缘残缺的信纸，看格式像是国民党统治时期机关往来的公函。"这就是你所说的证据！我从档案馆中调出的有关资料，同样是一派胡言！这是国民党反动派在穷途末路时发疯写下的！张老师，你来评判一下。"他将信纸推了过来，同时视线不自觉地回避那几张薄纸，像是上面写着什么挑战他人生观、价值观的东西。

我平复了一下心情，展平信纸，慢慢读起来。改用简化字已经有些年头，虽然身为历史系教师免不了要在故纸堆中流连，可

朝闻道

看惯了简体字,再看繁体字多少有点不习惯。

这封公函的发信机关是国民政府军事委员会调查统计局第二处,也就是后来俗称的军统局的前身,是当时中华民国的主要情报机关。

收信方是中华民国航空委员会(昆明航校)周至柔(少将)。我的手指拂过显眼的"绝密"二字,心跳不由得加快起来。信中写道:

均座钧鉴:

　　前奉电密召(此处残缺)证此事,果为蓝色甲十五型防空气球,编号零零零一三四,实物力持保留,未能办到,唯留小照,同函发至。局座谓此事诡谲异常,谨将管见所及,一一陈之,烦诸事谨慎,具报备查为要。局座不日将(此处残缺)饬奉令协助,详加观察,以观后效。

　　此致

军事委员会调查统计局第二处　毛
中华民国二十六年九月四日

从落款来看,写信人是国民党谍报系统的重要人物毛人凤。他信中所称"局座"应当是戴笠。毛人凤写信的口气相当恭谨,虽然当时周至柔只是区区少将,但蒋介石设定空军军衔高出陆军两级，因此周至柔实际上拥有陆军二级上将军衔，用"均座"一词也不算过分。

信中提到了一个蓝色防空气球的事情，除此之外没什么特别。我小心翼翼地折好信纸交还赵干部："公函本身没什么问题，可是没头没尾的，相当不明白。"

这时，女犯人开口道："蓝色气球是一切的开始。他们对我说，有一天，日军在日本东京中心护城河附近捡到一个坠落的蓝色军用气球，不知是从何处飞来的，日本国内没有使用类似型号的记录。军统局的特务注意到这一情况，将信息传至国内。空军系统大吃一惊，因为那枚气球正是英国援助中国的十五枚防空气球之一。这种挂着金属丝的大型气球是一种防御俯冲轰炸机的对空武器，一天前刚刚在昆明基地进行试飞，试飞时刮起大风，一枚气球扯断金属线飘向山区，消失在崇山峻岭间，没想到竟在遥远的日本东京出现了。

"随后空军要求军统局传回气球的详细情报——就像你们看到的那样——东京气球的编号与昆明丢失的气球是一致的。一枚气球，在24小时内飞越接近4000千米的距离，无论从哪个角度来看都是不可能的事情。但证据确确实实摆在眼前，这让空军主官伤透了脑筋。最终他们决定在类似的天气条件下再次放飞气球，并派遣战斗机加以跟踪。这次同样刮起大风，随风飘荡的气球一直向东北方飞去，飘出 40 多千米后，坠落在一座名为'野猫山'的山谷中。战斗机飞行员亲眼看见气球在坠落的中途突然消失，就像空气中有一张无形的嘴巴将其吞噬。他不明白看到的事情，在地图上标记了这个地点之后立刻返航。

"这次气球在距离东京城中心较远的荒川区出现，有几个当地人目击了蓝色气球突然出现在无云的晴空并坠落在地的景象。气球从国内消失、在日本出现的时间间隔只有短短七分钟。情报得到确认。毫无疑问，昆明东北郊外的野猫山上空有一个连接中国与日本的神秘时空桥。只要穿过这里，遥远的时间与空间距离就不复存在，日本东京其实近在咫尺。"

女犯人说到这里，端起茶缸，润了润嘴唇。屋里突然静了下来。我只觉后背一阵又一阵发冷。60 瓦灯泡的光，也在这匪夷所思的往事中显得鬼气森森。

九

赵干部抿着嘴巴，端起茶缸喝了一口茶，茶水流经喉结的咕咚声在安静的室内显得非常响亮。

我艰难地开口，语声艰涩得像粗糙粉笔划过黑板："你是说，气球掉进昆明野猫山上方的那个洞口,七分钟之后就在东京荒川区出现?"

女犯人点点头,说:"是的,就像我之前多次重申的那样,这并非我的臆造,而是中国抗日战争中一段极少人知的秘史。实际上,从科学的角度来说,这种现象是有可能的。如果你们学习过高等物理学,那么一定知道相对论描述过这种连接两个时空的狭窄通道,它被称作'爱因斯坦-罗森桥'。尽管未曾在任何实验中证实其存在,但野猫山-东京桥在1939年确实曾经存在,我毫不怀疑这一点。"

她所说的话我听不太懂,赵干部看来也缺乏相关知识,可不同于我的尴尬,他反而理直气壮地伸手指着女囚犯骂道:"124号!老实交代你的特务问题!不要避重就轻!你要认清现在的局势!"

"知道了。"女犯人抿了抿嘴,继续说道,"第三只防空气球被昆明飞行大队释放了出去。这一次气球上附带了秘文消息,还有一枚计时准确、上足了发条的怀表。气球同样在野猫山上空消失,两个多小时后,在东京千代田区被日本军警发现。这一次,军统的特务没能接近气球残骸,只传回了几张远距离拍摄的照片,照片上显示了正确的秘文信息和怀表的读数,怀表还在走动,只是慢了两个小时零十一分钟。试验成功了,尽管无法解释这两段丢失的时间(七分钟和两小时零十一分钟),但通过这个隐秘的通道向东京输

| 朝闻道

送物品是切实可行的。气球第一次与第三次出现的地点都在千代田区，作为日本东京的政治核心，这里遍布着天皇皇居、日本国会、最高裁判所、中央省厅等目标，无疑是最好的打击对象。

"国民党高层对此事非常重视，就像张老师说的那样——是张老师对吗？好的，谢谢你——他们很早以前就在规划突袭日本东京，可限于轰炸机的匮乏与航程的漫长，投入全部精力也只能发动不痛不痒的传单攻势。野猫山－东京桥的发现给了他们新的希望。1939 年，华夏大地在日军铁蹄下呻吟的存亡时刻，对东京的一次轰炸定能大幅度地提升民族自信心，对战局造成不可估量的正面影响。

"这个计划并没有正式命名，野猫山－东京桥的存在是极度保密的，知情人只有寥寥几位国民党高层与昆明飞行大队的几位飞行员，当时的局势不容缜密部署。空军方面选定了第七飞行大队第二十中队的八名优秀年轻军官参与计划。他们，也就是我的八位大哥，凭着一腔热血，勇敢地揽下了这充满未知危险、九死一生的轰炸任务。他们的目标很简单：驾驶经过改装的霍克 3 型战斗机轰炸日本昭和天皇皇居。霍克 3 型飞机是昆明空军基地当时最先进的机型，虽然载弹量远比不上轰炸机，但拆除副油箱、挂满凝固汽油弹之后，这些仅保留了数十千米续航能力的飞机也能成为非常可怕的对地武器。突然出现在千代田区空域的战斗机不可能遭到敌机拦截，这些勇敢的飞行员根本不曾考虑脱身或返航，唯一要做的，就是对照地图找到皇居的方位，向这个战争罪犯的宅邸狠狠投下中国上亿军民的怒火。

"目标的选择是经过详细论证的。国民党高层认为中国作为被侵略的一方，必须以极端手段展示自己的力量。"

炸毁天皇皇居，刺杀日本元首！谁能想到充满屈辱的抗日战争史中曾经出现过这样疯狂的计划？女犯人说出的话让我心潮澎湃，浑身上下不由自主地泛起战栗。

我端起茶杯大口喝水，以此掩饰自己的失态，赵干部吸着烟卷，似乎有点出神。

中国近代史，特别是抗日战争史是我的研究方向，多少次我在宿舍清冷的烛光下掩卷而泣，为祖国备受侵略而悲伤；又有多少次我怒而长歌，恨不能投笔从戎，为国捐躯！女犯人讲述的往事对我来说无疑是颠覆性的。

我不由得屏住呼吸，等待她继续讲述，但同时我也很清楚，这个计划显然未能奏效——天皇皇居至今屹立不倒，就算在1945年的东京大轰炸中也安然无恙。

"他们八人都留下遗书，深知自己将一去不回，却毫无畏惧，坦然踏上征途。陈大哥是第一个出发的。1964年的北京饭店里，头发花白的陈大哥这样说道：'那天日落的时候，日本人的飞机丢

朝闻道

光了炸弹,终于返航了。我喝下一碗壮行酒,摔碎酒碗,与同僚和长官挥手告别,登上了我的霍克3型飞机。这架飞机的性能很好,虽然陪伴我只有短短三个月,但我已经熟知它的脾气,它也用最好的状态迎接着我。航线早已经背熟,我从机场起飞后一直向东北方低飞,时刻注意日本飞机的动向。没一会儿,便到了野猫山上空。太阳西下,能见度很差,我比照航线图,发觉前面就是那个什么桥的入口了,可眼睛看不到什么异状,山间起了一些雾。我想稍微升高一些,穿过那团雾气之后再掉头回来寻找入口。可是……'

"说到这当口,陈大哥停顿了一下,黄大哥站在他身旁,拍了拍他的肩膀:'没事的,都过去了,桂民。'看起来两个人差了许多年纪,可依旧用着旧日的称呼,这种感觉非常奇怪。

"陈大哥脸上有点迷茫的神色,接着说:'我穿过雾气,飞机有一些震动,但仪表参数完全正常。我感觉飞了有一分钟的样子,一飞出那团雾,我立刻觉得四周明亮了不少,风的味道改变了。你知道,风是有味道的,小得螺,昆明的风与东京的风完全就不是一个味道。我低头一看,下面是很多小屋子、沟渠和稻田,许多种田的人停下手里的活儿,抬起头望着我,还发出欢呼的声音。我立刻就知道,我到了日本了,中国人听到飞机声躲都来不及,哪里还敢站着看。我立刻观察参照物,拿出东京附近的地图来比对,却怎么也找不到自己的位置,花了好久才在另一张地图上发

现,我根本不在东京,而在千叶县的山区。那里距离东京千代田有上百千米的距离哩!'

"'谁能想到会有这么大的偏差。我立刻加速向东京飞去。不知为什么,巡逻的日本飞机开始出现。为了躲避日本战机,我飞得很低,但这样就格外耗费燃油。本来油量就不足,在距离东京20千米的地方,燃油完全耗光了,我在一处山坳里迫降下来。我的本意是与战机一同毁灭,以血殉国,可燃烧弹爆炸的气浪将我抛了出去,我晕在地上。听到爆炸声赶来的村人把我当作日本人救了回去。醒了之后,他们喂我吃、给我穿,说着我听不懂的话,我只能假装脑部受伤,失去语言能力,暂且在那个小村里住了下来。出发前,为了避免计划败露,我们的飞机除去了一切番号和钢印,我身上穿的也是普通的便装,没有携带什么身份证明。他们没有怀疑我的身份,日子一久,我学会了日语,就以战争移民的身份苟活在东京近郊的小山村。'说到这段日子,陈大哥显得非常惭愧,'我知道我胆小、该死,可那不光因为我惜命,而是另有缘由。'他咽了口口水,脸上出现恐惧的表情,'我发现,我出现的那天,已经是1942年!'"

"什么?"我不禁惊呼出声。

赵干部立刻叫停道:"等一下。张老师,她说的话中有什么漏洞没有?"

| 朝闻道

　　我抹去鼻尖的汗水，稳定一下情绪，说道："不不，我只是感到惊奇……偏离一百千米的空间，消失两年多的时间，这些我不懂。她提到东京上空有战斗机在巡逻，那可能是因为1942年4月18日美国杜立德将军驾驶B25轰炸机对日本进行长途奔袭轰炸、日军方面提高警惕性的关系。这次突如其来的轰炸让日军领悟到日本本土并不是绝对安全的，但大部分的日本平民还没有意识到战局正开始改变方向。她的描述基本上是合理的。"

　　赵干部抬起眉毛，瞟了我一眼，咳嗽一声，说："继续交代吧！"

十

　　"陈大哥说：'我只是在雾气中飞了片刻，怎么时间就过了两年多？我吓坏了，不知道发生了什么。同时我也想到，其他人预定在我之后飞入野猫山入口，他们会在什么时候出来？我天天在等待他们的消息，可是日子一天一天过去，没有任何事情发生，直到1945年的一天。那时我正在一间食堂做工，已经有了一个日本名字，做着不起眼的工作，不敢再想以前的事情。我每天在噩梦里惊醒，听到有人在骂我汉奸、卖国贼，可我必须活下去，因为发生在我身上的事情太不寻常了。我必须在这个异乡等待同僚们

出现，问问他们到底是怎么回事。'

"'那天美国的飞机布满天空，东京变成了一片火海，我所在的郊区小镇并没有遭到破坏，但所有人都哭着逃走，因为火势已经越来越大，眼看就要烧过来了。我呆呆地站着，看天边的火变成了一条火龙，呼呼地把东京烧成平地。'"

我点头肯定道："那是1945年3月10日，美军的B29轰炸机向东京投下两千吨燃烧弹，造成举世闻名的东京大火。但当时麦克阿瑟将军认为日本已经是强弩之末，为了避免天皇驾崩激起日本人的武士道精神，轰炸机专门避开了日本天皇皇居。"

女犯人轻呼一声："啊，你说得对。陈大哥也是这样说的：'美国的飞机没有轰炸天皇皇居，因为广播里一直在播放天皇安然无恙的消息。我开始随着人流向外逃跑，可这时，我看到了一架老式双翼飞机孤零零地飞向起火的方向，那种机型既不属于日本，也不属于美国，而分明是当年我们的霍克3型飞机！我立刻知道，那是从野猫山飞来的下一位飞行员，没想到在我之后三年方才出现。我大声喊叫，挥舞衣服，可天上的人哪能看到地上的人呢？飞机在风里摇摇晃晃，迎着漫天的火光径直飞向东京城中心的方向，最终被火舌吞噬，再也看不到了。'

"陈大哥说着，从怀中摸出一个小药盒，吞了一粒药下去。黄大哥接着说道：'驾驶那架飞机的，就是我们八人之中言语最少、

朝闻道

性子最直的叶鹏飞,他在桂民出发的一个月之后驾机出击,却在1945年才到达日本。他没能完成任务,飞机因为火灾旋风而失速坠毁,他也牺牲在那场大火中。'

"听到这里,我实在按捺不住心中的好奇与恐惧:'啊,他起飞之后已足足过去五年多?黄大哥,你是第三个出发的对吗?你是什么时候到日本的?'

"黄大哥苦笑道:'是的,我于1940年年初第三个驾机起飞,穿过迷雾的短短一瞬,却花了我11年的时间。我出现在东京的时候已经是1951年。驾驶着飞机在城市上空飞行,我觉得眼前的一切都与想象中不同:地图失去了作用,东京的样子完全改变了,空气清明,街巷安静,但整个城市笼罩着破败而低沉的气氛。我在一栋建筑上看到了'审判战争犯'的横幅。当时我突然明白,原来战争已经结束了!我在一个无人的农场迫降下来,凭借我当年自学的日语询问当地居民,才知道战争早已结束了六年之久,如今的日本只是个千疮百孔、百废待兴的战败国。我的存在突然变得毫无意义,一个驾机飞来宣泄仇恨的军人,在和平年代又该如何存身呢?'

"'多年以来,一看到关于老式飞机迫降的消息,我就赶紧过去看看,没想到真的见到了故人。'陈大哥插话道,'我一眼就认出了黄栋权,可栋权却认不出我。这也难怪,他还是20岁风华正茂的青年，而我却成了近40岁的中年人，因为生活艰辛，连头发也开始变白了。我花了老大的工夫，才与故友相认。我说服他随我在日本暂且存身，我们成了年纪悬殊的同龄兄弟。'

"黄大哥道：'我们处理掉了战斗机，在东京安顿下来。我多少次想要寻死，而桂民教导我说，我们是被国家、被世界、被时间遗忘的人，中国也已经是新的中国。在这个星球上，没有人还会记得我们的存在，但只要有一位飞行员还没有来到日本，我们就有活下去的理由，必须忍辱负重，继续等待！'

"这时，两位大哥齐齐叹了一口气：'到1959年，果然又有一架霍克3型飞机出现，但这次通道的出口在山区，飞机刚驶出就迎面撞上山峰，摔得粉碎。等军警到达时，飞机已经被燃烧弹彻底烧成灰烬。就这样，我们失去了一位阔别已久的兄弟——而对他来说，是出师未捷的刹那而已吧！'

"他们的眼圈红了，我的眼圈也红了：'陈大哥，黄大哥，谁能知道你们经历了这样的事情呢？你们这次回国，为的就是把这件事告诉我吗？'我拉住他们的手问道。

"'是，也不是，小得螺。'他们说道，'我们现在以日本人的身份活着，但骨子里，我们还是流着炎黄之血的中国人啊！日本毕竟不是家乡，现在红色旗帜飘扬在北京，我们朝思暮想着回到这块土地，但我们不能。不知何时，我们八人中的下一位就会驾

| 朝闻道

着双翼战机出现在东京的蓝天里。如果他如我般懦弱，或者如黄栋权般敏感，会放弃袭击日本天皇皇居的使命，那么自然最好，但下一位执行任务的是我们之中最刚烈的飞行员李从权。他必定会按照命令，向天皇皇居投下来自20年前的却崭新无比的燃烧弹！尽管我们对日本怀着深刻的仇恨，但在和平年代，这样做不啻重新发动一场战争，那样，我们将成为历史的罪人！我们必须找到办法，随时准备告知下一位飞行员现在的国际局势，阻止他做出错事。但同时，如果中国与日本的战争再次开始的话，即使是一架20年前的老式飞机，也能成为插向日本心脏的一柄利剑！'

"他们的眼睛像多年前一样发着光。'小得螺，'他们又说，'我们将这件事告诉你，是怕如果我们遇到什么意外，这件事就会永远被历史忘记。所以答应我们，当有一天，一封来自日本的讣告寄到你面前的时候，你要抛下一切立刻飞往那个国家，继续我们未完成的使命！'

"'为什么是我，陈大哥，黄大哥？'我震惊地问道。

"'因为你是我们唯一信任的人，唯一能够托付的人——唯一爱过的人。'他们回答。"

女犯人垂下眼帘，缓缓平复略有急促的呼吸。

我看不清她的眼中是否有泪光闪动，可我的茶水确实在泛起涟漪。她说的话在我心中引起了巨大的共鸣。不知为什么，我毫无保留地相信了她说的话，即使那听起来荒诞无比。"赵同志。"我沉吟一下，低下头开口道，"我没发现什么漏洞，对不起。"

十一

赵干部的额头有些汗水，他从衣兜里掏出一方手帕擦拭了一下，将手帕叠好收起，掐灭烟头，说："这就是你要交代的吗，124号？"

"是的，说完这些话之后，我们抱头痛哭一场，陈大哥与黄大哥就离开了中国，此后我再没见过他们——当然，在监狱里见到外人的机会也不多。"女犯人抬起头，带点讽刺地说。

"你仍然否定你的一切卖国行为吗？你知道负隅顽抗、拒不交代问题的下场吗？还是宁肯用这种神话般的故事来掩盖里通外国、出卖我国关键技术情报的事实吗？"赵干部冷冷地说。

"我是一名共产党员。"犯人说完这一句，就不再说话。

赵干部冷笑道："那你更应该明白人民民主专政的定义。一切反抗社会主义革命和敌视、破坏社会主义建设的社会势力和社会集团，都是人民的敌人。敌我之间的矛盾，是对抗性的矛盾。什

| 朝闻道

么是对抗性的矛盾？那是只有采取外部冲突形式才能解决的矛盾。你既然不愿回到人民的行列里来，那么我们对专政对象也决不留情！"

"其实你也相信我说的故事了，只是不愿去接受你相信的这个事实。"女犯人突然开口道，"不然你不会去档案馆调出那份国民党公函，也不会找一位大学历史系教师来验证我叙述的真实性。现在终于打算使用暴力了吗？那只能代表你输了，只能用暴力来掩饰内心的虚弱了。你动摇了，你输了……赵有财。"

赵干部猛地站了起来，眼神闪烁不定，黑脸上布满汗珠。我不知这时该做些什么好，刚拉开折叠椅站起，就听见赵干部大吼一声："你出去！张老师，谢谢！小李会送你回去！别忘记你签署的保密协议！"

"是的，我这就走，赵有财同志。"不知为何，我也情不自禁地使用了刚刚得知的全名。这个名字像箭头一样锋利，将"干部"这一词筑起的威严墙壁轰然穿透。

"出去！"姓赵的男人解开了风纪扣，露出通红的粗壮脖颈，凶恶地咆哮着。

小李冲了进来，我夹起公文包走向门外。响亮的耳光声响起，女犯人倒在地上，脸上多出一只穿着军用胶鞋的脚。

楼道里灯光明亮，这座监狱温暖如春。我加快脚步，跨出装潢考究的 204 －丁号小楼，在冰冷的空气中深深地呼吸，让灌入肺部的冷空气平复我的情绪，然后缓缓抬起头，仰望静谧无比的山区夜空。

故事开始得那样缠绵，又结束得那样突然。我所看到的满天星光里，会不会下一秒就有 20 年前的英灵出现？

十二

我等了很久，几乎冻僵。小李终于出现，开着那辆黑色伏尔加轿车将我送回大学。一路上他一句话都没有说，看起来跟初见面时那个腼腆的小伙儿一点都不一样。

第二天，严主任很惊奇地发现我出现在教研室内，但他知道有保密协议在，什么话都没有问。

那座监狱、姓赵的干部和有姓无名的女犯人，再也没有出现在我的生命中。她还有许多话没有说，这个故事也并不完整。我还想听到更多关于八位飞行员的事情，野猫山－东京桥现在还存在吗？国民党空军飞行大队将一位又一位青年军官送入时空桥，却迟迟不见他们在东京出现，不曾感到费解吗？陈桂民出现后是否受到了军统的注意？是 1942 年以后这些飞蛾扑火般的老式飞机已经失去了价值,还是国民党高层选择将这段疯狂的历史遗忘?陈桂民与黄栋权后来是否在日本怀揣使命坚强地生活下去?如果124号犯人不能出狱,一旦这两位飞行员故去,又由谁来担起这份奇诡的重担?

此后,我的人生与这段故事再无干涉。十年动荡的日子结束之后,我娶妻生子,慢慢变老。

后来,一些问题得到了解答。1970年,在报纸的边角出现这样一则消息:日本东京一架用于表演的老式双翼飞机不幸坠毁,几间民房被毁,所幸无人伤亡。

翌年,广播里传来一位因卖国罪行而被判刑的梁姓高级工程师得到平反,并被开释出狱的消息。

1984年,在历史系大办公室的黑白电视上,我看到一条新闻:日本大通株式会社的巨型充气飞艇由于事故迫降在一栋大楼楼顶,事故原因不明,社长五十州关男亲自向民众道歉。

2002年,网上的一则流言引起了我的注意:日本东京航展召开盛大的飞行表演,13架旧式双翼飞机编队通过城市上空,让全城市民得以大饱眼福——13,这真是个好数字。要我猜,第十三架飞机应该要比其他飞机新一点才对吧!

十三

后来，我计算了一下，飞行员出现在日本的时间分别是 1942 年、1945 年、1951 年、1959 年、1970 年、1984 年、2002 年，如果以 1940 年为基准点的话，他们耗费在野猫山－东京桥上的时间分别是 2 年、5 年、11 年、19 年、30 年、44 年、62 年。我不是数学家，不过这个数列是有规律的，如果没算错的话，下一架飞机，也是最后一架飞机——由当年最闪耀的王牌飞行员林耀上校驾驶的第八架霍克 3 型战斗机将在 2025 年出现在日本东京。

当你们看到这封信的时候，我大概已经去世了，希望我在突然离世的时候，袜子上不要有破洞，那是我这辈子最害怕的事情之一。不知为什么，破洞总是自然而然地出现在脚后跟部位。这么长的一封信，不知你们是否有耐心从头看到尾。看完了之后，你们或许又会骂我，因为这是个没头没尾的半吊子故事。

可就像我在信的开头说过的那样，这段历史不应该与我一起被装进骨灰盒。希望你们以自己的学识、智慧和人格做出判断，决定是否将这段历史公之于众。但无论如何，请别在 2025 年之前做出决定，这是属于八位年轻军官的战斗，对他们来说，战斗还未曾结束，他们还将全力履行数十年前的报国使命，犹如一把达

朝闻道

摩克利斯之剑,悬在日本上空。

不要对他们妄加判断。无论结局怎样,从驾机驶入时空桥的那一刻起,他们就成了抗日战争史上最勇敢的英雄。即使是陈桂民——后来的日本商人五十州关男,他不也在以自己的方式继续奋斗着吗?难道你们没有发现,他的名字就来源于李贺《南园十三首》那动人心魄的诗句吗?

胎动之星 /叶星曦

"怀孕"的行星

| 朝闻道

一、深海

　　永恒的黑暗笼罩着寂静的深海，巨大的海沟仿佛是一张大嘴，似乎随时准备吞噬那些不慎落入其中的生命。

　　声呐发出的超声波在海底岩石之间回荡，显示屏上的深海地形图不断被刷新。我轻轻推动操纵杆，"深海二号"的姿态控制器立刻做出了反应，它微微低下了船艏，沿着螺旋形的下潜轨道继续向深海挺进。

　　现在的深度是1.15万米，除了深潜器的探照灯外，这里再没有任何光亮。我小心地向海沟底部下潜，时刻保持着高度警觉。在这深海中，稍有疏忽都可能造成艇毁人亡的悲剧。在潜艇部队服役了3年，然后又在潜水公司工作了两年，我比任何人都要清楚这一点。在深海中，水压是你最大的敌人，耐压艇体虽然非常坚固，但也不能保证万无一失。最可怕的是，一旦出现事故，除非奇迹出现，否则将没任何生还的机会。

深度在继续增加，1.2万米！我已经差不多到达海沟底部了。声呐的回波显示，正下方的海床呈现不规则裂痕，似乎是不久之前的那场地震造成的。我伸手打开了控制面板上的所有照明控制开关，深潜器周围的辅助照明灯一盏接着一盏亮了起来，红外线传感器也开始工作，寻找任何可能存在的热源。

外部摄影机传回了清晰的图像，这些图像直接投射到舱盖上，形成了一个全景屏幕。在这幽暗的深海中，即使3000流明的大功率探照灯也只能照亮一小片地方。茫茫的海雪从天而降，它们是浮游生物的尸体，死去之后就这样沉降下来，被埋在海床之下，说不定数亿年之后还会变成石油。但是，海雪确实给我带来了一些麻烦，它们一定程度上干扰了我的视线，我不得不靠红外传感器进行搜索，希望能找到一道足够大而且足够深的裂缝。

"情况如何，张？"罗杰斯博士的秃头出现在了屏幕一角。

"正在搜索目标，"我回答，"不过目前还没有任何发现，我正在向B点移动，希望能找到你想要的东西。"

"我们可是付给了你5倍的价钱，"他不断强调，"只要你给我带回来我想要的东西，我立刻就把剩余的尾款全部给你。我要的只是1升地震裂缝处的海水样本，这对你来说应该不是什么难

| 朝闻道

事吧?"

"放心吧,老板。"我苦笑了一下,"你会得到你想要的东西。"

不是什么难事?这家伙真是站着说话不腰疼!在这深海中作业本身就已经承担了极大的风险,而且还是刚刚发生过地震的海区,余震随时可能发生!我估计海沟两侧的海底悬崖已经在地震中变得岌岌可危,一旦再有余震发生,很可能形成海底泥石流,稍不小心我可能就会被大海给埋葬了。

如果不是非常需要钱的话,我是不会接下这份工作的。在一颗陌生的行星上潜水,我还没有这样古怪的爱好。由于科学院有政府财政拨款,从来都是宇宙中最财大气粗的主顾,我清楚目前的工作风险比较大,但报酬实在是相当丰厚,所以我一咬牙就钻到这片海洋下面来了。

次声波数据传输系统是现在我和海面上的基地之间保持联系唯一的纽带,虽然海洋噪声能够湮没大部分声音,但是次声波仍然可以传输到几百甚至几千千米之外的地方。通过一个无线电浮标,我就能顺利地和基地通信,基地里的家伙们虽然只会对我指手画脚,但在这深海之中却是我唯一的依靠。我从不认为这些自认清高的科学家们会在出事的时候来救我,不过他们不负责任的指手画脚却能让我拿来抵御深海中那股莫名的孤独感。

"深海二号"沿着海沟的底部慢慢移动,我不敢做过于猛烈的动作，也许一次轻微的意外碰撞就能打破水压和耐压艇体之间势均力敌的平衡，这种脆弱的平衡一旦被外力打破，深潜器瞬间就会被巨大的水压压扁……

就在这时，传感器发出了"哔哔"的声音，它在提醒我它发现了什么。

一个热斑清晰地出现在了红外传感器上，它距离我不过几十米，看起来是那场地震留下来的。我驾驶"深海二号"小心接近了裂缝，它很长，1000米多一点，但是却只有1米宽。罗杰斯博士要的水样看来马上就有戏了，不过在此之前我必须把细节问清楚。

"老板，"我接通了他，"找到裂缝了。"

"真的吗？"他的声音和他的面容一样兴奋，"我看看，我看看……哦！太好了！我要的就是这个，立刻采集水样回来。"

"裂口处的可以吗？"

"不，要尽可能深处的水样。"他说，"我不希望它受到任何污染。"

"明白，老板。"

把所有细节都问清楚是明智的，这下我就不怕他反悔了。我松开操纵杆，"深海二号"自动进入了悬停模式，我从控制面板下面拉出了机械手笼，它展开之后深潜器腹部两侧的机械手臂也随之展开。这对机械臂灵活而轻巧，最多可以伸到5米之外的地方。

| 朝闻道

我操控着它们从密封杂物舱内取来了采集水样用的钛合金圆筒，然后用一只机械臂握着它慢慢伸向裂缝深处。

那道裂缝在探照灯的照耀下显得格外恐怖，仿佛是一条通往地狱的捷径，好像随时会有恶鬼从里面冒出来。不过这些吓不倒我，在我眼里，深海才是我的圣域。

我操控着机械手臂一点一点地向裂缝深处挪动，直到到达它的伸展极限。我停止了手笼中手的动作，然后轻轻弯曲拇指。收集桶被激活，它自动吸入了大量海水，然后再次密封。

搞定了！我长出了一口气，准备撤离这个鬼地方。

就在这时，一阵明显的震动摇晃着我的深潜器，我意识到我最担心的余震发生了！"深海二号"的传感器几乎立刻发出了警报，声呐显示，一些大型物体正从我正上方落下来，而且数量在不断增加。

是海底泥石流！

在被活埋之前我必须离开这里，想到这里我立刻加快了回收机械臂的速度，但是越到关键时刻人越可能忙中出错，装着水样的钛合金圆筒碰到了裂口附近的一块岩石，从机械臂的手掌中掉了下来。那一瞬间，我必须做出抉择。完成任务还是立刻逃命？我想都没想就立刻选择了前者，我可不想再到这个鬼地方重来一次了！

我一只手握着操纵杆，另一只手操控机械臂去捡水样。"深海二号"的传感器发出了更严重的警告,我抬起头来,只见大量泥沙和岩石正从我头顶倾泻而下!不能再等了!我推动操纵杆,深潜器开始加速脱离这片危险区域,就在最后一刹那,机械臂抓住了钛合金圆筒。

高速航行模式的"深海二号"动力全开,像一匹脱缰野马在海沟底部狂奔,数万吨泥沙在我身后倾泻而下,将那道裂缝彻底掩埋。

好险!差一点就被土葬了!但是我好歹完成了任务,不用再到这个鬼地方来第二次。想到这里我抛弃了压舱物开始上浮,随着那些沉重的铅块从深潜器的腹部脱落,我与海面的距离终于开始缩小了。

3小时后,我带着水样返回了基地,一场风暴几乎追着我的屁股来了个突然袭击。

二、旧识

巨大的风暴云毫无先兆地沿着海平面压了过来,几分钟之前窗外还是一派风和日丽的景象,但在转眼之间就变成狂风肆虐、乌云翻滚的地狱。豆大的雨点像子弹一样冲击着基地的钛合金外墙,

| 朝闻道 ──

狂风把海面搅得没有一刻安宁,站在窗户后面向外望去,视线仿佛落入了深渊。

这里是普罗多Ⅲ,一颗没有陆地的海洋之星。人类在这颗星球表面唯一的据点可能只有这座战争时期所建造、现在仍在运转的太空扫描站。要在这颗表面覆盖着平均2000米的液态海洋的行星上建造人造建筑可不是件容易的事情,不但要应付变幻莫测的海洋和来无影去无踪的风暴,还要保证建筑的可靠性和牢固性,难度不亚于建造空间轨道塔!

不过,干惯了移山填海买卖的工兵部队的技术军官们仅用一个很简单的方法解决了地基的问题。他们从卫星轨道上瞄准了预定建造地点,并投下了一根外面包裹着纳米纤维衬层的钛合金地桩作为基地的基础,然后在上面建造了这座高塔式扫描站。

那场战争已经结束差不多20年了,现在这座扫描站的大部分功能已经停止,塔顶球形防风罩中的引力测量计也不再工作。实际上从5年前开始,这里就成了研究普罗多Ⅲ海洋生态系统的科研小组和军方共同使用的设施。军方占据着最上层,而下面几层则归几个科研小组使用。虽然大家仍需要共用飞行甲板、食堂和居住区,但是基本上处于一种井水不犯河水的状态。

长久的和平使军人成了一种很没前途的职业,以前只要立下战功就很有希望扛上将星,可是现在天下太平,根本就没有建立战功的机会。基地指挥官沙利文少校的脸上总是挂着一种莫名其妙的冷酷神色，想必他的心里相当郁闷吧。相比之下我就幸运多了，服完兵役之后我立刻跳槽到了一家深潜器公司，负责驾驶深海潜水器。我在军队的时候正好服役于潜艇部队，因此驾驶这种精巧的水下航行器是驾轻就熟。因为出色的驾驶技术，我获得了不错的报酬。尽管钻到龙王爷地盘上混饭吃的确风险不小，但从古至今风险和收益都是紧密挂钩的，我也没什么腹诽。

我带回来的水样让罗杰斯博士欣喜若狂，好像一个孩子得到了心仪已久的玩具，连午饭都顾不得吃，他就钻到实验室里开始进行分析了。

我坐在餐桌前，若无其事地嚼着淡然无味的人造肉，盘子里的汤却随着基地的震颤而不断地晃动。这座矗立在风暴中的高塔正随着狂风不住地摇晃，坐在里面甚至比坐在船上还要难受。实际上要想在风暴中完全不摇晃在技术上并非不可能办到，不过那样的话光是加固建筑结构就需要投入几十倍的资金，对于军方来说这显然难以承受，而对于那些暂住者来说，投资帮助军方加固基地实在是有点得不偿失。于是，从这座扫描站建成之日开始，它就一直处于摇摇晃晃的状态……整座基地内几乎找不到能活动的家具，为了防止意外情况发生，这里的家具都固定在地板上或者墙壁上。

朝闻道

我吃完了盘子里的东西，四轮驱动的机器人侍者立即收走了我的盘子，同时给我端来了一杯合成咖啡。这种咖啡的代用品虽然味道不怎么样，但是咖啡因含量却跟普通咖啡一样多。就在我端起来准备享受一下的时候，地板突然剧烈地摇晃起来，那杯咖啡一下子全泼在了我的裤子上。

该死！是地震！最近经常发生地震，不过这点震动对于这座基地来说还是完全可以承受的，只不过我的裤子是完了。

我一边用纸巾擦拭裤子上的咖啡，一边小声抱怨上帝的不仁慈。不过扫了一眼坐在餐厅其他位置的几名研究生，我突然发现自己并不是最不幸的一个。那些年轻人要么脸色铁青地望着食物发呆，要么在有气无力地唉声叹气。看起来，这几位肯定都晕船了。每到这样的风暴之日，研究组里面的年轻人大约有半数都会受到晕船症状的折磨，通道里经常看到乱七八糟的呕吐物，每当这时候基地内的清洁机器人总是忙得热火朝天。

就在这时，一个陌生的女人在我对面坐了下来，她穿着白色的研究员制服，黑色的长发在脑后扎成了马尾。不过她的身材实在是……只能用分不出前后来形容了。虽然有些面熟，但是我刚开始并没有认出她来，直到她摘下墨镜。

"张波，好久不见了。"她用勺子搅拌着土豆泥，若无其事地调侃我，"怎么了，摆出这样一副表情，虽然差不多5年没见面了,但是你也不用摆出这么一副见鬼了的表情来迎接我们的再次会面吧?"

"夏诗雨!"我几乎从椅子上蹦了起来,"你……你来这里干什么?"幸好后面那句"你不是死了吗"被我强行咽了下去。她的相貌看起来变化不大,身材还是那么糟糕,但是性格却安静多了,身上还多了一种不太协调的感觉。

5年对于一个人来说可不算短,人总是会变的。

"当然是来工作了。"她淡淡地说,"前天我才乘坐补给舰过来,我现在是公务员了,到这里来是为了对普罗多Ⅲ的地质状况进行评估。不出意外的话,这里可以成为一个不错的海上农场……不要这么惊讶,赛拉波尔崩溃的时候我恰好在二号卫星基地里,虽然九死一生,但总算逃出来了。你不会以为我死了吧?"

"5年杳无音信,我还真以为你上了天堂。"我叹了口气,"不过那个殖民行星是怎么回事?我听说军方对它投掷了黑洞炸弹……可是官方的说法是反物质喷泉在行星轨道附近爆发,造成了该行星百分之八十五的物质湮灭。"

"阿姨的身体好点了吗?"她不动声色地岔开了话题。

"啊……我老妈还是那样。"我意识到了自己的失言,当时她的父亲夏文峰也在赛拉波尔,而我在随后的死亡名单上看到了他的名字。

朝闻道 ____.

"听说你在拼命赚钱，"她望着我说，"而且从事的是非常危险的深海潜水作业，虽然阿姨的医疗费需要很大的开支，但是你也没必要拿生命冒险啊。"

"不是冒险的问题，"我叹了口气，"从大学时代开始我就是狂热的潜水爱好者，潜水对我来说已经是生命的一部分了，况且我也不能让我老爸一个人赚钱，他现在是一艘星际货运飞船的船长，虽然收入不少，但也很难独自承担我老妈的医疗费用。作为一个男人，我必须负担起最起码的责任。深海作业报酬很高，况且是给科学院打工，我估计再干上个两三年就能凑足我妈的手术费用了。"

"你结婚了吗？"她突然问道。

"没有，"我很干脆地回答，"谈过几个女朋友，不过后来都跟我拜拜了。一个在边远行星上潜水的臭男人很难获得女孩儿的青睐。"

她"哦"了一声，不置可否，但是我知道她肯定还有话要说。

机器人又给我送来了一杯咖啡，我端起来喝了一小口，就在这时地板又剧烈震动了起来，不过这次我早有防备，咖啡完全没有洒出来。

"又是地震，"我抱怨道，"现在一天好几次，真烦人！难道这颗星球要爆炸了吗？"

"有这种可能，"她很认真地说，"最近地壳运动变得很奇怪，从军方的地震仪收集到的资料显示，震源似乎深入地幔。"

"这可不是个好消息……"我摇了摇头，"这份工作对我很重要。"

"开个玩笑而已，"她笑了起来，"这颗星球的确有问题，不过几万年内它还是不会爆炸的。说实话，我正在奉命调查它的地质活动情况，但是进展缓慢。你知道，要开发一颗行星必须对它的地质状况进行深入分析。这不但关系到殖民地的建立，还关系到以后建设轨道塔的问题，需要特别慎重。"

搞地质果然是个苦差，给政府当差更是苦差中的苦差，连星球爆炸这种事儿都要考虑。

"能不能专门为我下潜一次？"她突然抬起头来，"我是说，我想雇你为我工作，虽然只有一次，但是我希望你能答应。"

这个要求绝对出乎我的意料，虽然以前有女孩儿子想搭我的便车，但是要求搭乘深潜器下海的还是第一个。我的这位老同学总是干出一些惊天动地的事情来，当年在大学的时候夏诗雨可是学生会会长，她老爸又是学院的副院长，基本上没有她不敢做的事情。我在她手下当差的日子里也着实狐假虎威了一把。不过话说回来，我还真没法答应现在这件事。"深海二号"是科学院的财产，归属罗杰斯博士，只有他点头我才能接下这个生意。不过我

| 朝闻道 ____

估计让他点头非常困难。

"这件事情我无法做主,"我向她如实道来,"'深海二号'并不是我的东西,你要想雇用我没问题,但是想要动用'深海二号',就必须让罗杰斯博士点头。"

"罗杰斯博士?"她的自信让我惊奇,"不就是那个老头吗?我会让他同意的。"

如此胸有成竹的回答,实在是让我始料未及。整个地球殖民地的人都知道罗杰斯博士有多么小气,这个连吃饭都要吃三等工作餐的家伙是个出了名的小气鬼,而且还有极为严重的猜疑心!"深海二号"的备件和燃料都是由军方的运输舰从联盟腹地千里迢迢地拉过来的,每次下潜都要算好了省着用。我很难想象他会把手里唯一的一艘深潜器借给不相干的人。

"那么祝你好运,"我深表同情地点了点头,"相信我,你说服他需要费很多口水。"

"你现在就做好准备吧,"她一副胸有成竹的样子,"到时候可是我说了算。"

"没问题,只要你能让那老头点头。"

夏诗雨微微一笑,转身离开了餐桌,服务型机器人立刻收走了她没吃完的土豆泥。望着她消失在门外的背影,我实在不太想接下这个差事。说实话,深海作业的危险性真的很高,在深海中一旦出现问题，除非上帝显灵佛祖保佑，否则基本没有生还的可能性。身为老同学，我实在不想把她带到那么危险的地方去。不过，鉴于她说服罗杰斯博士的可能性无限接近于零，我也没有什么可担心的。想到这里，我端起桌子上的咖啡一饮而尽。

但是一小时后，夏诗雨却告诉我：罗杰斯博士同意了。

三、蓝色海洋

蔚蓝的天空中点缀着白色的浮云，碧蓝的大海波涛不兴，仰望云端，隐约能看到这里月亮的轮廓。这可真是个潜水的好天气，谁能想象昨天晚上海面上还是风暴肆虐呢？这颗行星的天气变化无常，幸好有数颗气象卫星不停地监视着全球气象变化，否则很容易和恶劣天气碰个正着。

"深海二号"贴着海面疾飞，它现在展开机翼，化身为一艘小型地效翼艇，依靠地面效应提供的额外升力飞行。900千米每小时的速度对于这么一艘深海潜水器来说已经是一个很高的数字了，它不需要母舰的支持就能在基地周边1200千米的任意海域完成潜水任务。凡是在海军待过的人都能一眼认出这艘深潜器的原型——小型水下突击艇"海豚"——军方装备数量最多的一款小型

| 朝闻道

战斗艇，我在军队的时候驾驶的正是它。这也难怪，"深海二号"是奥拉多姆公司的产品，这个超级军火制造商目前正在向民用领域进军，"深海二号"在"海豚"的基础上进行了改良，去掉了武器系统，加装了更先进的导航设备和传感器，摇身一变就成了一款优秀的民用潜水器。

夏诗雨看起来非常兴奋，她坐在"深海二号"的副驾驶位置上，在我的正后方，我从后视镜里面扫了她一眼，她正把脸贴在驾驶舱的透明舱盖上往外看。

"会长大人，请扣好安全带。"我提醒她，"我可不想等下入水的时候看到你的额头和前面的控制面板进行一次令人印象深刻的亲密接触。"

"张波！"她一脸兴奋地转向我，"我们什么时候潜下去？"

我的话她显然完全没有听进去……

"别急，还有10分钟的路程，"我看了一下导航系统上的坐标，"不过话说回来，你给我的这个坐标是怎么回事？"

"是个秘密，"她眨了眨眼睛，"不过很快就不是秘密了。"

到了现在还在我面前卖关子，我无奈地笑了笑，开始着手做好潜水准备。几分钟后，"深海二号"到达了预定坐标，在减速的同时机翼向下收回紧贴在艇身两侧，仅用了不到1秒，它就完成了向潜水模式的转换。

入水的瞬间，无数气泡包围了我们，伴随而来的还有一次剧烈的冲击。气泡很快散去，从海面上投下来的粼粼波光开始在深潜器的外壳上闪烁起来。普罗多Ⅲ的海洋完全没有受到过任何污染，人类在这里留下的痕迹只不过是一个小小的哨站基地而已。海水清澈透明，几乎看不到漂浮物，这样的海洋在人类的势力范围内大概是绝无仅有的吧。

"哇哦，看8点钟方向！"我的乘客兴奋地叫道，"有什么东西正在向我们靠近，它在我们下面。哦，天哪，这东西可真大！"

我沿着她兴奋的目光望去，只见一堆有大型潜水战舰那么大的绿色物体正在不远处的海水中漂浮。它看起来像是一块巨大的地毯，背面长满了绿油油的枝叶状触须，下部则垂着无数根十几米长的触手。那是普罗多浮萍，一种巨大的海洋生物复合体，它们悬浮在10米深的水下，而躲避风暴时则会下潜到50米的深度。这种浮萍实际上并不是一个单一的生命体，它是一个由多种生物组成的群落，主体是一种类似水母的生物，它们组成了浮萍的基本结构。在它们背上生长的藻类通过光合作用制造养料，而生活在触须之间的小型海洋生物则负责捕获其他生物来供给它们的"活体城市"，在必要时它们还会为了保卫家园而战。

说实话，我第一次看到普罗多浮萍的时候也吓了一跳，我从没想过水下会有这么大的生物体存在，它们的长度一般在50米左右，宽度大约是长度的三分之一，总体呈椭圆形，近看非常壮观。不过普罗多浮萍只是普罗多Ⅲ行星上众多奇特的海洋生物之一，还有更多神奇的生物等着科学家们去发现。罗杰斯博士和他的研究小组就是为此而工作的。

夏诗雨在后座兴奋地左看右看，我却必须做好我的工作。我伸手将控制台上的开关一一开启，"深海二号"开始进行最后的下潜准备。"声呐系统启动完毕，氧气储备充足，燃料电池安装正常，FCS 没有问题，通信浮标分离完毕……"随着一行行自检信息通过控制板中央的屏幕，我基本确定我们已经做好了下潜准备。

再次逐一确定没有任何疏漏之后，我开始给主压载水舱注水，这样一来，"深海二号"的比重将跟海水基本持平，我们的深海之旅将正式展开。

我轻轻推动操纵杆，"深海二号"灵巧地垂下了艇艏，开始沿着螺旋形航线不断下潜。为了防止夏诗雨被转晕，我特地把转弯半径设定为 150 米，而不是先前惯用的 50 米。在升降翼的控制下，"深海二号"沿着螺旋形航线迅速下潜，下潜速度控制为 3 米每秒。在航行开始后，我时刻留意着夏诗雨的变化，不过这位大小姐似乎不会晕船，即使螺旋潜航也没把她转晕。但我更担心的是她光顾着看外面暂时忘记了晕船这回事儿，我真怕等会儿到了深海没东西可看的时候，她在我的宝贝深潜器里吐得乱七八糟……

随着深度的不断增加，海面上的阳光逐渐远去，最后只剩下一片无尽的黑暗。水下500米，深邃的黑暗统治了一切，我扫了一眼身后的夏诗雨，她满脸都是失望的表情。这也难怪，美丽的浅海风光不到10分钟就没有了，她这么失望很正常。普罗多Ⅲ的海洋平均深度2000米，这颗星球上百分之八十的海域都是深海。深海是我的殿堂、我的圣域，只有我和"深海二号"能够到达的地方，但是今天，我必须和我的乘客分享这片深海。

"失望吗？"我问道。

"失望？"她眨了眨眼睛，露出少许疑惑。

"深海是漆黑一片的世界，"我说，"事实上的确是这么回事。"

"不是特别失望，"她笑了笑，"不过什么都看不到确实很扫兴，虽然扫兴，但是我还是第一次潜入大海，这可比在全息资料室看到的深海真实多了。"

"你会习惯的，"我笑了笑，"这里并非只有黑暗。"

说着，我按下了控制台上的几个按钮，钛合金舱盖从后面滑了上来，扣在了原先的透明舱盖上，和驾驶舱周围的艇体结合在一起形成了一个完整的耐压壳体。虽然"深海二号"的驾驶舱盖和"海豚"一样都是用高硬度夹层树脂制作的，但是这种材料毕竟有工作极限，无法抵御深海的巨大水压。不过关闭了外盖并不意味着就只能靠声呐和传感器驾驶深潜器，全周视显示器能够提供上方 180 度的全周视野。随着系统完成初始化，图像很快出现在了舱盖上，夹层树脂内部隐藏的薄膜式显示器工作正常，将艇身周围的 12 部深海摄影机捕捉到的影像完整地展现给我和我的乘客。

接下来，我按照程序启动了深潜器外部的照明灯，白色的光束顿时撕裂了黑暗的幕布，深灰色的海床出现在了屏幕上。

"哇！太神奇了！"夏诗雨惊叫起来，"张波，我们已经到海底了吗？"

"已经到海底了，"我说，"但是还没有到达目的地。"

她"哦"了一声，然后把目光投向深海。探照灯提供的照明在深海中非常有限，虽然主探照灯的亮度有 3000 流明，可白色的光柱仍然只能照亮周围十几米的范围，再远一些地方的光线就被深海的黑暗完全吞没了。但是，灰色的海床上并非什么都没有，一些小型海洋生物的身影偶尔会出现在灯光下，其中以甲壳类居多。即使在这黑暗的世界里，仍有生物存在。

"深海二号"贴着海床慢慢前进，四个姿态推进器时刻控制着深潜器与海床的距离，探照灯的光柱扫过灰色的泥沙，向着远处慢慢移动。黑暗中似乎什么都没有，海床上也看不到什么明显的地形特征。但是，声呐回波显示，我们正在靠近目的地。

几分钟后，平整的海床被嶙峋的乱石所取代，起初只是伸出淤泥的零星石块，但是很快就变成了刀锋般的巨石，这是海底断裂带特有的地貌，再往前去，黑暗瞬间吞没了探照灯的光束，一道深渊出现在了我们面前，而我们的目的地就在它的最深处。

"哇！"夏诗雨发出了一声惊呼，眼前犹如地狱之门的景象大概把她吓到了。但是我却非常清楚，如果把这趟旅程比喻为地狱之行的话，我们才刚刚到达撒旦先生的家门口。

四、深渊

夏诗雨提供给我的坐标显示，我们要找的东西就在海沟的最深处。根据数据库中的资料，这条编号为 ST97 的海沟长 840 千米，最大深度 4683 米，并不是这颗星球上最大最深的海沟，但是这附近却是普罗多Ⅲ地壳最活跃的地区，不但分布着大片海底热液活动区，还经常发生地震和海底火山爆发，下潜的话必须非常小心才行。

我不知道夏诗雨到底要在这里找什么，她似乎刻意不告诉我太多的事情，我原本以为她只是想到深海看一看而已，但是出航之前她递给我这个坐标和一张数额巨大的支票的时候，我才意识到事情远没有我想象的那么简单。那张支票上的金额足够我支付我妈的第二期手术费用，我根本无法拒绝她的条件。

| 朝闻道

这可真是人为财死、鸟为食亡。

海沟的宽度只有 2400 米左右,最深处宽度不足千米,地势相当陡峭,而且回旋余地很小。在这深海中任何轻微的撞击都可能打破海水和耐压壳体之间那近乎微妙的力量平衡,"深海二号"将会在零点零几秒内被压扁。因此,我不能冒险采用螺旋形下潜航线,只能利用姿态控制推进器慢慢下潜。

现在"深海二号"的主压载水舱内已经注满了海水,不过它的整体比重仍然略大于这里的海水,要想快速下潜,可以头朝下利用主推进器进行俯冲,否则就用姿态控制推进器慢慢往下推。考虑到我们有的是时间,我选择了后者。一来这样安全系数更高,二来在狭窄的海沟内还是不要横冲直撞为妙。想到这里,我轻轻推动操纵杆,"深海二号"慢慢越过了海沟边缘,四个姿态控制推进器全部转向正上方,开始小心翼翼地沿着海沟两侧如刀削般的陡峭崖壁慢慢下潜。

后座上的夏诗雨咽了一口口水,声音大得我都听到了,看得出她很紧张。

"第一次来到深海感觉如何?"我急忙找话题分散她的注意力。

"说实话……很紧张。"她说,"感觉好像到了铁扇公主的肚子里一样,可惜我不是孙悟空,有点害怕。"

我笑了笑:"其实这才是深海的本来面目,深邃、神秘而又充满杀机。但是正因为是这样,我才迷上了这个地方。"

"难道你就是传说中的变态吗?"她说,"心理扭曲?"

"随你怎么说……"我撇了撇嘴。

"这就生气了?"她换上了一脸无辜的表情。

"怎么可能……毕竟我曾经也是学生会的一员啊。"我叹了口气,"不过话说回来,你怎么消失了5年,突然就变成公务员了呢?说实话,这5年我起码有三次试图打听你的下落,不过都失败了。好在你的名字没有在死亡名单上,多少给了我一点安慰。"

"你……找过我?"她露出了一丝异样的神情。

"不只是你,"我并没有注意到她的表情变化,"学生会的那群人我都找过,菲尔德在洛利当老师,孟飞在新维尔纳做生意,他们两个是我唯一能够联系上的老同学,其他人……大多都在那份名单之上。可是,我却一直没能找到你,在部队的时候通过一个关系不错的上司打听过,到潜水公司之后又通过社会保障部门找过你……可是我没想到,你却突然在这里冒出来了,就像幽灵一样……实在是把我吓了一跳。"

"其实有很多事情……我不愿提起。"她移开了目光,"能够再次遇到你,完全是偶然中的偶然。"

"你为什么不和大家联系?"

"这是我的事情,"她突然有些生气,"请你不要过问!"

朝闻道

就这么被顶回来了,我显然碰了个大钉子。虽然心里有些生气,但是想想这5年来她也许遇到了更多的事情,怒气自然也就烟消云散了。在学生会打杂的日子令人怀念,大学的校园生活留给我的只有甜美的回忆。那时候我的母亲身体还没有现在这么糟,我可以无忧无虑地享受校园生活。可是我注定无法完成学业,在母亲病倒之后,我为了那笔退伍安置费而加入了军队,好歹凑齐了第一阶段的医疗费用。但是,那只是一切的开始而已。即使在宇宙开发时代,人类的医学技术也有无法攻克的堡垒。

舱盖上的影像依然单调,雪亮的光柱在峭壁的岩石上慢慢移动,仿佛是通往光明世界的隧道。但是在这幽暗的深海中并非完全没有光存在,随着深度突破6000米的时候,点点萤火开始在幽深的黑暗中闪烁起来。那是无数生活在深海中的海洋生物,这里的生物大多都有发光器官,能够在黑暗中发出微弱的光亮。再往下,热海水带来的上升流使深潜器开始晃动,我不得不启动手动操作才勉强把它稳住。我们差不多已经到底了,下面就是地热活动频繁的海底断裂带,也许再往下几千米就是岩浆湖。

海沟的底部铺满了黑色的灰烬,这些灰烬大概是某次海底火山爆发留下的,也有可能是那些"烟囱"的喷吐物沉积下来的。灰烬中的矿物质反射着探照灯的光芒,好像星空中的点点星辰。

这里的水温异常高,达到了15℃。一般来说,在这样的深海,水温应该是接近0℃的,这样的异常水温说明附近要么有火山活动,要么有海底热液活动区。

我希望是后者。

夏诗雨给的坐标依然在导航面板上闪动着,我紧握操纵杆,控制"深海二号"小心翼翼地慢慢接近。海沟底部并非一马平川,巨大的岩石偶尔会挡住去路,不过绕开它们对"深海二号"来说并非难事。

在一块巨大的岩石后面,探照灯发出的光芒被冲天的"黑烟"挡了回来,只见一大片圆柱形的地热喷泉正像20世纪的鲁尔工业区的烟囱一样冒着"黑烟",只不过这些烟并不是真正的烟,而是混合了大量矿物质的地热水。在这些"烟囱"的旁边,五颜六色的真菌和一些身体透明的甲壳类生物享受着大自然的恩赐,共同构成了一个很奇特的生态系统。在这样的深海中居然能找到这么大一片海底热液活动区,我真是没有想到。

水温又升高了,这可不是个好消息,但是夏诗雨要找的东西貌似就在这一大群烟囱之间,而且看起来好像不太容易接近。我用声呐扫描了附近的地形,但是因为烟囱喷出的地热水和其中矿物质的干扰,声呐实际上并不能发挥太大的作用。

"我们到底要找什么?"我问道。

"一台机器,"她回答,"不过是很久以前放置在这里的,那是一台地质活动记录仪,一种用来记录地壳变动和行星内部变化的机器。"

"很久以前?"我感觉不太妙,弄不好已经被埋在海床下面了。

"不用担心,"她递给我一台数据终端,"它还在那里,并且还在正常工作,我们只要回收其中的数据就可以了。"

说得轻巧,做起来难。我接过数据终端,把它挂在控制台旁边的卡扣上。屏幕上闪动的坐标显示,那台机器距离我们不足百米,但是要想从这么一大群"烟囱"之间穿过去,没有点技术那真是找死。这么做的危险性特别大,一旦深潜器被热水流搅得失去控制,我们很可能会一头撞在岩石上,要是耐压壳体损坏的话,后果不堪设想。

仔细研究了每一个喷泉的位置,我规划出一条较为安全的路线,然后操纵"深海二号"小心翼翼地进入了危险区。

水流飘忽不定,"黑烟"严重干扰了视线。"深海二号"在我的操纵下摇摇晃晃地缓慢前进,温度计的数值开始直线上升,水温居然达到了43℃。突然,金属传感器有了反应,主探照灯自动转了过去,一个半球形物体出现在了光柱中。

那个东西被埋在粉尘状的灰烬中,只露出最顶端的一小部分来,看得出它是个人造物体,钛合金外壳上虽然沾了不少沉积物,但是在探照灯的照耀下仍然能看清上面模糊的字迹。这个球体本身好像就是个巨大的耐压舱,露在外面的部分半径大约3米,从外壳的弧度来看，我估计它的实际直径大概在 10 米以上。这么大的东西用"深海二号"可弄不上去，必须使用专用的深水打捞驳船才有可能把它弄出海面。

"终于找到了，"夏诗雨一脸喜悦，"它果然还在这里，真是太好了。"

"这么大的东西我们可弄不上去，"我提醒她，"'深海二号'在深潜状态最多只能携带一吨半的有效荷载，这玩意儿少说也有二三十吨重。"

"我们只要回收数据就行了，"她向我伸出手来，"张波，麻烦你把数据终端给我。"

我伸手把那台数据终端从控制台旁边的卡扣上取了下来，然后递给了她。说实话，我很想看看她葫芦里卖的什么药。

只见夏诗雨在用那台设备发出了某种指令，球体正上方的指示灯立刻亮了起来，它的外壳依次打开，最后一个篮球大小的物体从里面飘了出来。整个过程像变魔术一样神奇，我看得一愣一愣的，不过要带这么个小东西回基地我想没有任何问题。

于是，我把手伸进手笼，紧贴在"深海二号"机腹两侧的机械臂同时展开。灵巧的手臂准确地伸向那个球体，最后轻轻地把它握在手中。

"张波，"夏诗雨突然拍了拍我，"你看那是什么？葡萄？"

| 朝闻道

我很讨厌别人打断我的工作，但是出于好奇我还是看了一眼她发现的东西。只见一个"烟囱"旁边挂着一串串粉红色的"葡萄"，看起来很好吃的样子。不过我却比任何人都清楚那是什么！那是深海蛟的卵！深海蛟是普罗多Ⅲ上最危险的深海杀手，它有20米长，冲刺速度可以达到40节！这些大鱼把卵产在海底热液活动区，借助这里的水温使它们孵化，最可恶的是它们还是模范父母，经常回来照看这些卵！

事不宜迟，在深海蛟回来之前最好赶快离开这里。上次罗杰斯博士让我去偷深海蛟的卵，我和"深海二号"险些被那对愤怒的父母一口吞下。

想到这儿，我急忙开始着手进行上浮准备，就在这时，传感器突然发出了警报，7点钟方向有个不明物体正在接近，而且体积相当巨大。真是说曹操曹操就到，模范父母中的一位已经回来了。它回来得真不是时候！

随着铅块从深潜器腹部纷纷脱落，"深海二号"开始垂直上浮，一个黑影从"烟囱"冒出的"浓烟"中窜出，几乎擦着左舷的二号姿态控制推进器冲了过来，如果是直接碰撞的话，我们当场艇毁人亡的可能性几乎是百分之百。

好险！我的额头上渗出了汗珠，现在的上浮速度是1米每秒，虽然已经算是很快的速度了，但是和深海蛟灵活的身手比起来还是太慢了。

好在海水温差和水中的矿物质对深海蛟的感官也产生了很大的干扰,它可能也跟我们一样无法掌握对手的准确位置。面对这种深海怪兽,我承认以现在的装备是无法对付它的,如果有鱼雷发射器的话,把它轰成肉末易如反掌,可惜的是"深海二号"不是战斗舰艇,它完全没有武装保护自己,现在唯一能做的就是尽快上浮。深海蛟毕竟是生物,它们的身体虽然适应了深海的巨大水压,但是如果压力变化过快的话还是无法承受的,换言之,它们不可能像"深海二号"那样疾速上浮。

不过这只是我一厢情愿的想法,传感器再次发出警告,另外一只深海蛟正从1点钟方向接近。因为含有矿物质的海水和地形的干扰,声呐发现目标的时候已经来不及了。巨大的黑影突然从深海中冒了出来,在探照灯的光芒中我甚至能清楚地看到深海蛟口中那1米长的尖牙。

碰撞发生的一刹那,我冷静地偏转操纵杆,勉强避开了正面撞击。但是"深海二号"艇舺左侧的探照灯却成了替死鬼,它被硬生生地从艇身上扯了下来,然后在深海蛟的尖牙利齿之间粉身碎骨。

"张波,注意6点钟方向。另外一只过来了,它就在我们后面。"夏诗雨显得出奇的冷静,我想她大概被吓傻了吧。

| 朝闻道

"哎呀,不妙了!"我扫了一眼后视镜,微弱的灯光中果然出现了一个巨大的影子。

另外一只深海蛟从后面扑了过来。

"抓紧扶手!"我按下了控制面板上的几个红色按钮,"我们上浮的速度可能会有点快,不过我可以向你保证这艘深潜器不会解体!"

按钮按下的那一刻,"深海二号"顶部的配平物与艇体分离,转眼间沉入了幽暗的海沟,失去前部配重之后,"深海二号"的艇艏高高仰起,逐渐指向海面。在艇艏对准海面的刹那,我猛地将制动杆推到了最大位置,"深海二号"的主推进器全速运转起来,它化为一支离弦之箭向着充满阳光的海面冲去。那只从后面扑来的深海蛟擦着推进器护罩冲了过来,一头撞在了峭壁上。

"深海二号"以10米每秒的速度开始急速上浮,我很清楚身后那两位愤怒的家长已经再也追不上来了。在1000米深度时,我关闭了主推进器,排空了后部压载水舱内的海水,"深海二号"重新恢复到了水平状态,以1米每秒的正常速度开始慢慢上浮。

大约20分钟后,久违的阳光照进了封闭的座舱。我不由自主地仰望天空,有那么几分钟,我还以为自己再也见不到这片蓝色的天空了。

五、消失的基地

当"深海二号"回到那片熟悉的海域的时候,闪烁着银光的高塔却没有出现在海平面上。起初我以为导航系统出了问题,但是仔细核对 GPS 坐标之后,我却发现自己的位置没有任何偏差,但是这是不可能的事情啊,那座基地不可能就这样消失得无影无踪。我们又不是到了龙宫的浦岛太郎,重新浮上海面的时候已经过了百年。

我试着扩大搜索范围,"深海二号"以基地坐标为中心绕了一个大圈,但是仍然没有找到任何东西。几小时前我还在基地的食堂里吃早餐,但是几小时后它却消失得无影无踪,这太不合常理了!

就在这时,一个在海面上漂浮的红色物体进入了我的视野。我立刻驾驶"深海二号"飞了过去,平稳地降落在它附近的海面上,然后操纵机械臂把那个物体从海里捞了上来,这才发现那是一个装垃圾的塑料桶。

为了保护普罗多Ⅲ的原始海洋环境,哨站的垃圾都是集中起来由补给舰带走的,以保证人类活动不会对它造成任何污染。这样的密封垃圾桶是绝对不可能随地乱扔的。很快,另外一个漂流物进入了我的视野,那似乎是个扫描站顶端的巨大球形天线罩的

| 朝闻道

一部分,这个天线罩保护着里面脆弱的引力计,为了减轻重量,它是用比水轻的泡沫钢制成的。

连普罗多Ⅲ上最强风暴都无法撼动的天线罩居然在这个风和日丽的日子里变成了碎片……这也太超出常理了!我清理了一下思绪,把所有的线索联系到了一起。那一瞬间我突然意识到,哨站可能沉入了海底!

我跳回座舱,把声呐设置为扫描模式,一条巨大的裂缝出现在了屏幕上!它很长而且很深,似乎是不久之前刚刚形成的。在裂缝的中央横着一个棒状物体,我不清楚那究竟是什么,但是只能潜下去看个究竟。

我扫了一眼后座上的夏诗雨,她正全神贯注地解析回收回来的资料,完全没有意识到我们陷入了空前的危机之中。现在最好还是不要打扰她为妙……想到这里,我做好了下潜准备。随着海水涌入主压载水舱,"深海二号"开始慢慢下沉。因为之前抛弃了压载物和配平物,此时的"深海二号"实际上已经不具备深潜能力。为了减小自身浮力,我不得不往耐压艇体内的备用压载水舱里注水,这样才勉强下潜成功。不过因为失去了艇艏的配平物,潜水时艇艏有些抬高,操纵的时候稍有不便,还好影响并不太大。

深蓝色的海水包围着深潜器,粼粼的波光在一片蓝色的幕布上荡漾着,各种各样的浅海鱼类成群结队地游荡在巨大的普罗多浮萍之间，组成了一幅美丽的浅海画卷。但是，声呐很快锁定了一个很不和谐的目标，对这样一道巨大的海底裂缝来说，我们的基地像一段原木一样横在其上。这条深不可测的大裂缝有 100 多米宽，正好摧毁了基地的地基，直接造成了它的沉没……

看起来，这一切都发生在不久之前，一场地震刚刚发生在这片海域。

我操控着潜艇小心地接近目标，虽然失去了一侧的探照灯，但是在这浅海中并不太需要什么照明。基地看起来还算完好，一串串气泡正从微小的裂缝中不断地冒出来，它显然刚刚沉没不久。但是我很清楚，基地内的人不可能生还，这里的深度为 140 米，已经超过了人类裸体潜水的极限深度，在没有器材保护的情况下没人能活着浮上海面。

基地的毁灭意味着我们失去了所有赖以生存的物质资料，在这片巨大的海洋上，我们没有淡水、没有食物，也无法呼叫救援。仅凭两个人和一艘深潜器，想要在普罗多Ⅲ这颗海洋之星上生存下去是不可能的事情。想到这里，我感到非常气馁，但是又无可奈何。如果我注定命丧于此，至少我的佣金够我妈治病了。

"我们遇到麻烦了吗？"夏诗雨的声音打断了我的思绪。

"何止麻烦……"我叹了口气，"简直是被判了死刑！而且这个死刑还比较漫长，过程也非常痛苦。我们不可能在这里活下去，

| 朝闻道

而且还无法呼叫救援。'深海二号'的通信系统根本不可能进行星际通信。"

"这可真是很糟糕呢……"夏诗雨反倒比我还冷静,"这艘潜艇的通信范围有多大?"

"我说了,不能进行星际通信。"我顿了一下,然后回答了她的问题,"不过在大气层内部以及卫星轨道上还是可以进行有限的通信联络,但是轨道上并没有飞船。"

"但是,有卫星啊。"夏诗雨说,"同步轨道上不是有好几颗气象卫星吗?我们可以利用它们进行远程通信。"

"即使如此,信号也不可能传到星系之外。"

"但至少可以叫来救兵,"她显得很有自信,"据我所知,有一艘巡洋舰正在附近执行任务,不出意外的话,我们可以联系上它。"

"啊?巡洋舰?"我愣了一下,军方的巡洋舰跑这儿干吗?虽说不是主力舰,但是这些大型军舰出航也是要消耗不少燃料的,况且是来这么偏远的地方,一定需要很多燃料。最重要的是,夏诗雨怎么知道有艘巡洋舰在附近呢?宇宙舰队一向奉行神秘主义,除非相关人士,几乎不可能得知他们会把战舰派到哪儿。

"总之,我们先浮上去……哇!天啊!"夏诗雨突然发出一声惊呼,我也被她这一嗓子吓了一跳。我急忙转过身来,只见一张扭曲的脸正飘在透明舱盖外面,而一只巨大的伞膜乌贼正在用它长满利刺的伞状触须撕咬他的下半身。

是罗杰斯博士!不过他现在已经变成了一具尸体,而且有三分之一似乎已经进了他的研究对象的肚子……

就在这时,另外一只伞膜乌贼出现了,开始和先前那只一起撕咬尸体,鲜血和碎肉在清澈的海水中四散开来,场面相当血腥。

在夏诗雨吐出来之前,我急忙偏转操纵杆,"深海二号"迅速离开了那具尸体,开始向海面上升。我扫了一眼后视镜里的夏诗雨,只见她脸色苍白双唇紧闭,看起来正和自己的胃做斗争。这也难怪,突然目睹了如此惨烈的情景,任何人都不会若无其事。几分钟后"深海二号"回到了海面上,我开始着手进行卫星通信的准备工作。

"深海二号"的通信系统很简单,基本上奉行了"够用就行"的原则,民用产品大多都是这样,这次真希望上帝保佑这个系统性能"够用"……幸好现在晴空万里,没有什么能够阻挡无线电波的传输,我很快跟气象卫星建立了链接,然后那颗该死的卫星让我输入管理员密码。

"你知道密码吗?"我愁眉苦脸地扭过头去。

"密码?"夏诗雨思考了1秒钟,说出了一串数字。

我微微一愣,密码随口就来,这也太快了。她到底还有什么事儿瞒着我,即使是老同学,等下我也得问个清楚。

| 朝闻道 ___.

　　她见我没反应,就重复了一遍,然后问道:"我的脸上有什么东西吗?"

　　"不,没有。"我输入了密码,"只是有些惊讶。"

　　敲下回车键的刹那,卫星接受了我的控制,虽然我看不到,但是我也能想象一颗飘浮在泛着蓝光的大气层外的卫星展开主通信天线的情形。

　　"将通信天线指向坐标EG88CS,"她说,"我要发送一条信息。"

　　"信息?"我问,"就发SOS不行吗?"

　　"至少要表明身份,否则他们不会来的。"说着,她把数据终端接入了"深海二号"的系统,一堆被加密的乱码立刻出现在我面前的屏幕上。

　　看着信息开头的导引码,我突然觉得似曾相识,拼命翻找记忆之后,我猛然想起,这不是军方加密通信的题头吗?虽然各军种的加密方式稍有不同,但是开头的导引部分基本上都大同小异。不过内容我就完全看不懂了,毕竟我不是解码机。我越来越觉得不太对劲,夏诗雨怎么可能会使用军方的加密通信?按理说一个小小公务员不可能知道这么多东西。

　　就在我胡思乱想的时候,信息发送完毕,卫星顺便还给我们发来了天气预报,预报显示,一小时内一场大型风暴即将袭击我们所在的海域。

六、胎动之星

当海面上风暴肆虐的时候,水下百米之地却没有一点风暴的感觉,这里很平静,平静得让人无法联想到头顶百米处发狂咆哮的巨浪。那些巨大的普罗多浮萍大多也下潜到了这一深度,跟我们一起躲避巨浪和狂风的侵袭。为了节省能源和燃料,我把"深海二号"锚泊在一块浮萍上,一旦风暴结束,这些大块头就会自动上浮到10米的深度,简直像装了天气预报系统一样准确。

夏诗雨仍旧在全神贯注地分析她的资料,但是我很清楚她早已得出了结论。沉默笼罩着狭窄的座舱,但是我们似乎都刻意不去打破它。平静的假象默默地维持着,但是我可以肯定她的心里也和我一样思绪万千。我们需要交流一下,可惜的是我们都不是那种可以随时随地袒露心声的类型。只有一点我可以确定,虚假的平静必须被打破,也必定会被打破。

"你到底在为谁工作?"我开口了。

她愣了一下,慢慢地抬起头来,从后视镜里,我们的目光交会在了一起,但是那一瞬间她却移开了目光。

"我为政府部门工作,"她假装平静地回答,"现在是公务员。"

可惜的是,从大学时代开始,她就没有说谎的才能。

朝闻道

"为什么不说实话呢?"我叹了口气,"有些东西你没有必要对我隐瞒的,而且你也隐瞒不了。军方的加密通信,这可不是任何人都能发送的。"

谎言被识破,她却变得更加冷静了:"你什么时候注意到的?"

"也许在你递给我支票的时候就注意到了,"我说,"不过我并没有特别注意这件事情,也没有特别在意被你利用。既然你有求于我,我本不想多问,但是现在的情况却让我无法保持沉默。"

"因为不安吗?"她问。

"是的,"我点了点头,"从一开始你就在骗我,但我并不介意。不过我大概猜到了,你可能在为军方的某个部门工作,具体是什么部门我就不太清楚了,不过有一点可以确定,你签保密协议了吧?"

"没错。"她点了点头,这可真是不打自招。

"我只想知道我们现在的处境有多糟糕。"我说,"地震摧毁了基地,我想知道还有没有更糟的事情在等着我们,你在餐厅里曾经跟我开玩笑说这颗行星会爆炸,但是我却觉得你说的可能是真话。"

"那的确是个玩笑。"她移开了目光,"不过我们现在确实很危险。张波,听我一句,不要再继续追问了。等下到了巡洋舰上他们会把你关起来,这样你就什么都不会知道,也不必像我一样陷入这件事情无法自拔。"

"你到底陷入什么麻烦了?"我问,"我在军方上层有些朋友,也许可以……"

"没用的,"她摇了摇头,"我陷入其中已经太深了,而且我是自愿的。"

"为了解开你父亲的真正死因吗?"

"不,"她摇了摇头,"是为了复仇。"

话音未落,海水突然波动起来,旁边的普罗多浮萍摇摆不定,在被它撞到之前我立刻解除了锚泊。"深海二号"动力全开,迅速离开了那个大家伙。红外传感器突然有了反应,有效感应范围内的海床上裂开了数条巨大的裂缝,岩浆正从裂缝中不断地涌出来。一时间,红色的巨龙开始在海底游动起来,紧接着海底火山也开始爆发了。

这下真的不妙了!我伸手依次按下控制面板上的紧急排水按钮,压缩空气在几秒钟内吹尽了主压载水舱内的海水,"深海二号"以最快速度开始上浮,在冲出海面的一瞬间,海面上肆虐的风暴几乎把我们掀翻。不过几秒钟之后一切都恢复了平静,机翼顺利展开,主引擎启动,"深海二号"转为地效滑行模式,贴着海面向远处飞去。

夏诗雨被窗外的景象吓坏了,乌云中游荡的闪电刹那间将巨浪滔天的海面照得雪亮,狂风卷着巨大的雨点劈头盖脸地砸在舱

朝闻道

盖上。这样的景象对她来说实在是太刺激了一点。但是我很清楚,如果不跑得足够远,当海底火山全面爆发的时候,我们肯定会变得跟烤炉里的巴西烤肉一样。

就在这时,身后的海面出现了新的变化,一块巨大的海床被顶出了波涛汹涌的大海,普罗多Ⅲ总算有了块货真价实的陆地,不过仅仅过了几秒钟,那块新大陆就土崩瓦解了。我突然意识到,海底的地壳正在隆起!难道这就是陆地的诞生吗?炙热的岩浆冲出了海面,在黑暗中闪着暗红色的光芒,可就在这时,一个巨大的火球突然从破碎的地壳下直冲云霄,把天上的乌云硬生生地捅开了一个圆洞。

随着更多的地壳碎片被掀起,火球一个接着一个飞向天空。我真怀疑这颗行星是不是真要爆炸了!

眼前景象简直像是世界末日!虽然世界末日并不是天天都能碰到的事情,但没人会希望自己能碰到。一声声古怪的咆哮从海面下传来,很奇怪它为何听起来有点像鲸鱼的声音,我试图看看下面到底有什么,但是暴雨却模糊了我的视线。只有一点我很确定:距离还不够远!但是,不管将要发生什么事情,我们都已经没有时间逃得更远了!

"张波,你听我说。"夏诗雨突然开口了,"我们现在的位置正好在'茧'的正上方,接下来它将冲破地壳进入宇宙,我们很可能也被带上去。"

"你说什么？宇宙？'茧'？"可是还没等我多问，重力突然发生了变化，我顿时感觉自己的身体好像变轻了，紧接着又觉得天空和大地翻了个个儿。

周围的许多东西开始飘浮起来，包括那些被抬出海面的普罗多浮萍，它们像一艘艘战舰一样从海中升起，看起来好像是一支出征的舰队。我突然意识到，夏诗雨没跟我开玩笑，不管下面有什么东西要出来，它正在干涉行星的引力！

"我们真的要去宇宙了吗？"我大声问道。

"是的，"她点了点头，"我没想到它会这么快就准备'羽化'了，这样下去我们会跟'茧'一起被带到宇宙里去，一同飞上去的还有大量行星物质。"

"那到底是什么东西？"我咆哮道。

"某种生物。"夏诗雨说，"就是它的同类摧毁了赛拉波尔……"

一切的谜底都被揭开了，夏诗雨知道一切，但她却什么都没告诉我，也许她这样做是为了保护我，但至少在最后一刻她说了实话。不过这样下去很糟糕！"深海二号"毕竟只是艘潜艇，虽然有密封的座舱和坚固的耐压壳体，但是却没有抵御宇宙射线的装备！就这样飞上太空的话，那些在宇宙空间来回穿梭的高能粒子足以杀死我们！

| 朝闻道

究竟该怎么办呢?我绞尽脑汁试图寻找一条生路,但却一无所获。

"张波!"夏诗雨突然问道,"燃料电池使用的液氢和引擎冷却剂还有多少?"

我扫了一眼仪表盘,回答:"液氢还有 160 升,冷却剂存量百分之八十五。"

"我们到海里去,然后释放它们。"

"这会把我们冻成冰块的!"

"但是我们别无选择!"她说,"冰可以帮我们抵挡致命的宇宙射线,再加上深潜器本身的耐压壳体,我想应该能在太空里飘荡一段时间。"

不愧是我大学时代的学生会会长啊,对宇宙的了解果然远胜于我这个土包子。我操控着"深海二号"重新潜入海中,然后打开了紧急释放开关,液氢储存罐从机舱内弹了出来,我看准时机,操纵机械臂一把将它们捏爆。液态氢像爆炸了一样在海水中扩散开来,凡是接触到它们的海水瞬间变成了晶莹的冰块。几秒钟之内,"深海二号"就被冻了起来。

一切看起来都很顺利,但是就在我以为我们抓住了一线曙光的时候,耀眼的光芒却突然从正下方传来,那个生物的本体出现了!

在剧烈的冲击中,我的脑袋和仪表板来了一次亲密接触……

七、尘世巨蟒

当我再次恢复意识的时候,失重的感觉让我很不适应,这到底是怎么了?深潜器里漆黑一片,我摸索着启动了备用电源,控制面板和全景显示器才慢慢启动。外面的景象让我大吃一惊,普罗多Ⅲ泛着蓝光的大气层外飘浮着无数大小不一的碎石和冰块,而"深海二号"正好被冻在一大块冰里面,只有尾部的航行灯还露在外面。

向远处望去,我被吓了一跳。这颗行星表面大概六分之一的部分消失了,形成了一个可怕的大洞,隐约还能看到洞底流淌的红色熔岩!扩散的大气和冰结的海水飘浮在破洞附近的太空里,此外还有许多零散的地壳碎片飘来飘去。不管行星会不会解体,普罗多Ⅲ上的生物们算是都完蛋了,这场灭顶之灾足以摧毁海洋生物圈。

就在这时,有什么东西挡住了阳光,我抬起头来,只见一个巨大的球体正飘浮在我们正上方的位置。它的身上布满了无规则的灰色条纹,显得格外诡异。由于缺乏参照物,我无法估计它的大小,但是从行星上被它挖出的大洞来看,这玩意儿的直径少说也有1000千米。我实在无法想象一个如此巨大的生物会存在于我们的宇宙中,而且它好像还没有完全成熟,用夏诗雨的话说就是没有

"羽化"。但是光目睹这个巨大的"茧",我的灵魂都被它震撼了,它诞生的代价是一颗行星的毁灭!在它面前人类是如此渺小。

"夏诗雨!"我摇了摇后座上的她,"快醒醒!那东西就在我们头顶上!"

她很快苏醒过来,看起来和我一样没有受伤。但是,当她看到那个巨大的"茧"的时候,瞳孔却突然缩成了一点。是恐惧!夏诗雨的眼中只剩下恐惧,她显然已经不是第一次目睹这个东西了。在她发出叫喊之前我果断地关闭了全景显示器,座舱内顿时陷入了一片黑暗,只剩下仪表板在我们身边闪烁着微光。

"没事吧?"我关切地问。

"还好,"她用力点了点头,"我们这是在哪儿?"

"大概在卫星轨道上吧?"我苦笑了一下,"不知道你说的巡洋舰什么时候能来,看起来我们要在这里飘浮一段时间了。"

她沉默了一会儿,说:"我不想死……"

"我也不想,"我试图安慰她,"别想得太多,现在深呼吸,然后平静下来,我们的氧气还能使用20个小时左右,至少暂时不会有问题。"

夏诗雨照我说的话做了,几次深呼吸之后她逐渐平静下来。我在我的座位上坐下,然后扣好了安全带,通信系统正在持续不断地发出求救信号,一切看起来都还算不错。但是,被扔在宇宙里孤立无援,任何人都不可能保持平静,我的心里早已乱成了一团,只好用那笔佣金来安慰自己。至少我死了不算白死,还能留下足够我妈治病的保险金。

可是我真的不想死,我还想做很多事情……

就在这时,"深海二号"突然震动了一下,接着我听到冰块破碎的声音。怎么回事?我们撞到什么东西了吗?谜底很快解开了,一个轻浮的声音出现在了耳机里:"嗨,伙计!要搭便车吗?"

"是谁?"我问道,"不管你是谁,快来救我们!"

"我已经抓住你们了,"那个家伙说,"女巫中队一级飞行员卡列琳娜·霍德中尉随时为您效劳!"

女巫中队!我的天!她们怎么会出现在这里?我的脑袋顿时嗡了一声,传说这群无法无天的突击艇飞行员能把登陆部队送上设防最严密的星球,但是被送去的部队十有八九要全军覆没。她们在军队里恶名远扬,犹如死神一样令人敬而远之。但是现在突然遇到了她们中的一员,我却感动得一塌糊涂。突如其来的加速度证明我们开始移动了,我看了一眼后座上的夏诗雨,她的脸上也露出了一丝久违的笑容,不管怎么说,我们好像得救了。

接下来的一小时让人很不愉快,先是漫长的飞行和不平稳的着陆,接着又有人粗暴地弄碎了冰块,然后强行撬开了"深海二号"的舱盖。我被两名身材高大的宪兵从座舱里揪了出来,不由

| 朝闻道

分说架着就走。他们两个整整比我高了一截，胳膊比我大腿还粗，头盔上写着醒目的"MP"，我被他们架着活像一只待宰的小猪。

"我说伙计们，"我尽量弄出点儿笑容，"你们准备把我弄到哪儿去？"

两名宪兵不约而同地瞪了我一眼，我立刻意识到保持沉默绝对是个好主意。夏诗雨跟在我们身后，而另外两名宪兵则跟在她的身后，其中一位抱着我们从深海中弄上来的那个金属球，他是个黑人，又瘦又高，抱球的动作活像 NBA 球星。

至少，他们并没有对她动粗。

装甲舱门自动开启，我被宪兵们带进了舰桥，一位身穿深灰色将校制服的高级军官已经在这里等候多时了，他看起来跟普通的军官不太一样，这里所有的军人都跟我印象中的不太一样。他们的制服上多了一个徽章，徽章上是一面银色盾牌和两把交叉的利剑。

"张波中士，"他友好地向我伸出手来，"欢迎来到'南十字星号'，我是舰长罗伯特·赫辛中校。"

赫辛这个姓可不多见，我敢打包票，这位中校大人的祖先里一定有位叫凡·赫辛。

"你好，"我尽量装出一副傻乎乎的样子，"不过我已经不是中士了，我早就退役了。"

他冲我笑了笑，不过那好像是冷笑，然后转向夏诗雨："上尉，你干得很出色。"

"谢谢您，长官。"夏诗雨还以一个严整的军礼，我终于找到她身上那种不协调的感觉来自何处了，是那种军人特有的气质！

她看了我一眼，一脸歉意，然后对罗伯特说道："长官，张波是我的同学，我们只是偶遇而已，而且他不知道任何事情。"

"是吗？"罗伯特故作惊奇，然后打了个响指，那个巨大的"茧"立刻出现在了舰桥内的主屏幕上，"现在他可是什么都看到了。"

这家伙真是太狠了，我暗中咒骂，看起来想要脱身不太容易了。

"我看了你的资料，中士。"他转向我，"你很优秀，是难得的人才，在救援触礁沉没的潜水战斗母舰'海神号'的时候，你表现出的冷静和果敢让我惊讶和敬佩。如果可能的话，我希望亲口听你说说那件事。"

虽然救援沉没的"海神号"让我立了个一等功，是我军旅生涯中的光辉一页，但是我现在真希望他不知道这事儿。不过貌似现在装傻已经没有什么用了，我不得不收起那张傻乎乎的面具。

"你们到底属于哪支部队？"我问，"我并没有见过你们的徽章。"

"内务安全部第九对策处，简称内务九处。"他微笑着说，"这个名称你可能没听说过，不过这也难怪，我们毕竟是不存在的部队。"

内务安全部！这些人是特工！我顿时觉得大事不妙了，他们如果想把我"处理掉"的话，能让我消失得连渣儿都不剩。

| 朝闻道

"我们内务九处成立的目的就是为了对付这玩意儿，"他指了指屏幕上的"茧"，"虽然没有正式的名称，它的存在也处于保密状态……但是如果你愿意的话，你可以称它为'约尔曼岗德'——尘世巨蟒——用这种北欧神话中的怪物来形容它倒也勉强合适。当毁灭时刻到来时，它会激起可怕的波涛。"他扫了我身旁的夏诗雨一眼，后者的脸色变化不定，"我们这支部队存在的目的，就是为了让赛拉波尔的悲剧不再重演。你也看到了，中士，这种生物对我们人类来说是个巨大的威胁，它们寄生在行星内部，用行星的物质构造自身，最后还摧毁了它。你应该很清楚它有多么危险，它们必须被消灭！"

我点了点头，但没有正面回答任何问题。

就在这时，四艘战列巡洋舰突然跃迁到了我们旁边，紧接着，一艘更大的飞船出现在了它们中间。它由两个修长的舰体并列组成，中部看起来好像是个仓库。

我认得这种飞船。这是一艘轨道轰炸舰，是用来对行星地面目标进行高轨轰炸的致命武器，同时它是可以用来投掷黑洞炸弹的，目前也只有这种飞船能够投掷黑洞炸弹。

"你们要丢黑洞炸弹？"我问。

"难道还要我们用舰炮轰吗？那怪物是寻常武器能伺候得了的吗？"他反问道，"没关系，只要一发就能将它消灭得干干净净，质量兵器的威力有多大，你应该很清楚吧，中士。"

"等一下！黑洞炸弹不是被联盟最高议会禁止使用——"话说到一半我突然觉得自己很傻，这支部队本身就是"不存在"的，那些议员和法案又怎么可能约束得了他们？

"长官，"一名技术军官报告，"资料解析完成了。"

"很好，"罗伯特转向他的副官们，"我们还有多少时间？"

那名技术军官犹豫了一下，如实说道："我们恐怕没有时间了。"

话音未落，屏幕上的"茧"突然发生了异变，强大的重力波向四周扩散开，吹飞了那些环绕它的冰块和岩石，当它到达我们身边的时候，整艘战舰都剧烈地摇晃起来，不少人摔倒在了地板上。情况看起来真的不太妙，我瞅了一眼身旁的夏诗雨，虽然她没有摔倒，但神色却凝重得吓人。

"要开始了。"她小声对我说道，"它即将'羽化'。"

我一时没弄明白她的意思，但是第二轮重力波紧随而至，那些刚刚站起来的人又有不少重新跌倒在了地板上。人类的战舰就像暴风雨中的一叶孤舟，在巨浪之间忽上忽下，在那个巨大的生物面前，我们实在是太渺小了。

舰桥内乱成一团，罗伯特不再理我，大声指挥他的手下准备战斗。看得出他是一名能力很强的指挥官，仅仅过了一分钟，战舰的主炮就全部对准了目标，在罗伯特的指挥下，整个舰队开始

朝闻道

进行炮击。密集的反质子束瞬间划破了宇宙永恒的黑暗，疯狂地轰击着"茧"的外壳。这场面虽然很壮观，但好像对目标的破坏并不大。

就在这时，"茧"黑色的外壳突然裂开了一道口子，令人目眩的光芒从裂口中泄出，好像整个宇宙里的颜色都在其中一样！紧接着，更多的裂缝出现了，几秒钟内，整个"茧"都被这奇幻的光芒所包围。但是，这美丽的光景背后却暗藏杀机，更强的重力波动不断冲击着我们的战舰，舰体结构发出了刺耳的悲鸣，好像某些部分已经开始扭曲破碎。更加糟糕的是，里面的东西即将破茧而出！

"发射黑洞炸弹！"罗伯特的声音震慑了慌乱的人群，"通令所有舰艇在黑洞炸弹发射后分散脱离战斗区域！在CT234DE坐标重新集结！"

副官很快传达了他的命令，随后我看到一个巨大的物体从那艘轨道轰炸舰的弹舱内飞了出去，是黑洞炸弹！

作为人类目前掌握的最强大的毁灭武器，普通人很难一睹它的尊容。球形黑洞发射器的前端加装了导引设备，后部装上了推进器，看起来活像一枚巨大的迫击炮弹。这枚超级炸弹长达120米，质量1000万吨，必须用专门改造的大型战舰才能运送。它一旦被激活，人工黑洞在完全蒸发前产生的重力波会在几秒钟内将一颗行星撕成碎片！

黑洞炸弹开始加速，但是相对于它巨大的质量，尾部的推进器显得力不从心。其他战舰开始跃迁，它们一艘接着一艘地跳进了亚空间，在一片光芒中消失得无影无踪。

"南十字星号"是最后一个进行跃迁的战舰，跃迁驱动器被激活的同时，窗外的星辰瞬间变成了流动的光线，而后形成了一片炫目的光影。

所有人都松了一口气，坐在CIC里的年轻士官们开始小声谈论这次死里逃生，看得出刚才发生的一切令他们心有余悸。罗伯特转向我，他看起来很得意，要知道没有什么东西能从质量兵器的攻击下逃脱，他圆满完成了任务。现在他终于能腾出手来处理我了。

"我们继续刚才的谈话吧，中士。"他微笑着望着我，我顿时觉得自己变成了一只被蛇盯上的青蛙。

"好吧，好吧。"我举手投降，"我会签署保密协议的。"

"这好像已经不是一张保密协议能搞定的事情了，"他向我走来，保持着笑容，"中士，要不要重新加入军队？"

这个提议听起来不错，但是我知道绝没有那么简单。

"我想你可以重新服役，然后加入我的部门。"他说，"内务九处很需要你这样的人才，我们现在还真没有一个能开潜艇的家伙，要知道'约尔曼岗德'通常寄生在水资源丰富的行星内，我们非常需要专业潜水员和深潜器驾驶员，你正好符合我们的要求。"

| 朝闻道

"我能得到什么?"我觉得应该讲讲条件。

"一份长期医疗合同,由军方最好的医疗设施执行。"他说,"不过那不是给你的,而是给你母亲的。"

我的天,他调查了我的一切,这样的条件我根本无法拒绝。我望了一眼身后的夏诗雨,她的眼神闪烁不定,里面有欣慰,但更多的却是歉意。

"我接受你的条件。"我对罗伯特说道。

他点了点头,一副打了胜仗的表情,如果说他的手下都是棋子的话,那么我显然是一枚很有用的棋子。能得到一枚好棋子怎么说也是一件能让棋手高兴的事情。看着他心满意足地走出舰桥,我的心情简直复杂到了极点。

"对不起,"夏诗雨突然小声对我说道,"我没想到最后会弄成这样。"

"这不是你的错。"我试图安慰她,但是却更像是在安慰自己。

就在这时,"南十字星号"结束了跃迁,重新回到了正常宇宙,望着无尽的星辰,我突然意识到自己的下半生将和这种被称为"约尔曼岗德"的生物紧紧地联系在一起。

也许这就是命运吧。

夏娲回归 /王晋康

错乱时空

朝闻道

一　夏娲

在那场被后人称为"科技大爆炸"——科技的疾速发展变成炸弹，轰然一声炸毁了 22 世纪的人类社会——的大劫难中，我和丈夫算是幸运的人。丈夫虽然没能逃脱纳米病瘟疫，但我家别墅的院内恰好有一艘整装待发的时间渡船，是从时空俱乐部租借的，原打算用于暑期度假。时空俱乐部是一个精英组织，只对少数超一流科学家开放，全球的会员不超过 50 名，这是因为时空旅行者必须有极强的道德自律。那天，我扶着虚弱的丈夫匆匆进入渡船，让他平卧在后排的座位上。我坐上驾驶位，开始设定时空坐标——但我无法做出决定。良久，我回过身，俯身对丈夫轻声说："大卫，我不知道该去往何时。肯定不能回大爆炸前的社会，那时没办法治疗你的病。但如果去未来，我不知道文明多久才能复苏。

要不，我们先去500年后试试？"

丈夫艰难地抬起头。纳米病是科技时代的黑死病，病魔把他折磨得瘦骨嶙峋，只有一双眼睛像灼热的火炭。他没有犹豫，断然说道："我们不去未来，回到150万年前吧。你只用输入'直立人第一次用火的时刻'，电脑会自动搜索到精确的时空节点。"他喘息片刻，补充道，"夏娲你帮帮我，在我堕入地狱前干一件事。"

我久久地看着他，心绪复杂。我知道他要干什么。大卫是"科技大爆炸"的有力推手，名列凌烟阁二十四功臣的前列。现在，不惑之年的他要在生命的最后时刻来一个彻底的反叛。

我很直接地说："干涉过去——这违犯时空穿梭的最基本道德。"

大卫不耐烦地一挥手——在这样的非常时刻，让那些劳什子道德见鬼去吧。

我没有多说，回头开始设定时空坐标。大卫是我的丈夫兼导师（求学时的导师和生活中的导师），我已经习惯了服从他。渡船启动前，我仔细检查了生活背包中的装备。我必须谨慎啊，毕竟这是一次跨越150万年的时空穿梭，在那时的非洲荒野上甭想找到一块备用电池或一枚缝衣针。好在生活背包状态完好——一把掌中宝激光枪，虽然小巧但足以摆平一群狮子；一个高容量手电筒；一只压电式长效打火机；一副作用范围100千米的对讲机；一条多

朝闻道

功能睡袋；……这些用具都是时下最先进的型号，其能量储备均不低于50年。背包里还有够一周食用的压缩食品，这只是作为应急，因为食物应该在目标时空中解决。我从背包内兜中翻出一个半透明的乳白色小球，大小正好一握。我问："大卫，家用的全息相机怎么也在背包里？"

在我检查背包时，大卫艰难地坐起来了。他斜倚在座椅后背上，一直目光冷漠地看着窗外。这会儿，他收回目光，看看我手中的小玩意儿，忽然没来由地脸红了。

"我昨天试驾时用过它。"大卫补充道，"我拍了咱们的孩子。"

孩子。他提前拍了"出生后"的孩子，而现在他只是我腹中三个月的胎儿。我知道大卫为什么脸红，知道他为什么把这么重要的事瞒着我。在时空穿梭中，旅行者不得同自身有互动——这也是最严格的时空戒律之一。他拍摄自己的孩子虽然不算实质的互动，也差不多等同于犯戒了。而且，这与我们即将开始的干涉不同。事急从权，为了挽救人类社会，他有足够勇气去违犯戒律。但与干涉过去不同，那只纯粹出于一个大男孩儿的好玩儿心态。我不想让丈夫难堪，他已经病入膏肓，即将开始的150万年的时空穿梭后也很难甩掉死神。如果我救不了他，至少也要让他保持心灵的平静。我淡淡地说了一句："这会儿真想打开相机，看看那个小模样啊。儿子还是女儿？"

"儿子。"

"是吗？不过，还是留到以后再细细欣赏吧。这会儿不能耽误了。大卫你坐好，我要启动了。"

我启动了渡船，周围时空在摇曳中隐去。

我的名字叫夏娲。不是《圣经》中的"夏娃"，只是恰好同音而已。在古闪族的神话中，亚当与夏娃是人类的始祖。不过，夏娃只是亚当的附属物，是由男人的肋骨变成的。我的名字来自另一个古老民族关于女娲的神话。女娲用五彩石补好被撞裂的天穹，又用泥土造出男人、女人。她是人类唯一的始祖。

我的名字是父亲起的。这个 22 世纪的启蒙师（小学教师）很聪明，巧用我家的古老姓氏，再加上一个简单的方块字，就让女儿的名字兼具东西方两个人类始祖的含意。我想，当他为名字中内禀的神秘深奥而沾沾自喜时，绝不是想让怀中的囡囡跑到 150 万年前扮演人类的始祖吧。

但这个名字一定有内在的法力，最终让我来到洪荒时代。

荒野之神，我向你致敬。此时的东非稀树草原还没刻上人类的痕迹，它的面貌完全由荒野之神来装扮。广袤的草原上长着高大的金合欢树，呈水平状的树冠直插云天，犹如一抹抹绿色的轻云。地平线上立着一排大腹便便的波巴布树和扇椰子树，巨大的树冠郁郁葱葱。眼下应该是雨季，硬毛须芒草和菅草汇成连天的

朝闻道

浓绿。数百万只红嘴奎利亚雀和燕鸥在蓝天下盘旋俯升，大笔书写着跳荡的生命旋律。角马和瞪羚布满了草原，它们吃着草，悠闲地甩着尾巴，不在意时刻相随的死神。天边闪烁着青色的闪电，乌云从地平线上漫卷而来。

根据渡船主电脑的搜索，那个时空节点就在附近，误差域为24小时×3千米。也就是说，至迟到明晚此时，一道闪电将点燃附近的一株大树，而坠落凡尘的天火也将同时照亮某个野人的蒙昧心智。

时间渡船停泊已毕，船身半隐在高大的禾草丛中。附近有五棵扇椰子树，呈五边形排列，这是一个明显的地标。我关闭了动力，回头说道："大卫，说吧，我该怎么做。"

我绝不会放弃救活他的希望。我想尽快完成他的这桩心愿后赶紧返回，找到一个合适的时空为他治病。大卫示意我把生活背包给他。他喘息着，找出那柄掌中宝激光枪，托在手中，目光苍凉地看着它。

"夏娲，难为你了。我知道你的天性不适合干这种事，但我太虚弱……"

我打断他："没关系，我有勇气干这件事。问题在你这边。你真觉得它是正当的吗？你真能狠下心这样干？"

他久久地沉默着，脸上笼罩着死亡的黑气。"我个人已经做出了决定，但这个决定应该由我们两人共同做出。"他说。

我干脆地说："我没问题，我听你的。那我就去了。"

我把他在后座上尽量安置妥当，把食物和饮用水放到他手边，又开启了渡船外壳的低压电防护系统。我自己带上一天的食物和饮用水，但想了想又留下了，尽量给大卫多留一些吧，在外边总能找到食物和水的。虽然我这次外出不会有危险，但凡事还是稳妥为好。我带上睡袋、手电、打火机、袖珍望远镜、猎刀，把掌中宝掖在怀里。临走时想了想，把那个球状全息相机也带上了，在等待时空节点的闲暇中，我满可以欣赏欣赏儿子的小模样。准备妥当，我俯下身吻吻丈夫，轻声说："我走了。你安心休息，千万不要出去。"

大卫没有说话，一只手轻轻拉我，拉我到他身边……我明白了他的意思，轻声问："大卫，你的身体……"

但我知道他的想法。他对自己的痊愈已经不抱希望；或者说他早已心死，根本不在乎肉体的存活。他想在告别人生前同我多来几番温存。也许他有不祥的预感，在分手前想留下妻子的体温。我理解他。我随即除下外出的行头，脱掉衣服，帮他宽衣解带，然后，两个赤裸的身体紧紧贴在一起。他瘦骨嶙峋的身体让我心疼如绞……不过，大卫只是安静地抱我一会儿，然后吻吻我，喘息着说："去吧。先把正事干完。我们以后的时间多着呢。"

| 朝闻道

我从他的话中触摸到入骨的悲怆——他的余生可不多了，但他已经无事可做，所以才说"时间多着呢"。

我笑着打岔："不，你马上就该忙了——儿子七个月后就出生啦。"

我找到十几枚秃鹳和奎利亚雀的鸟蛋对付了晚饭，然后爬到一株金合欢的树杈上观察。乌云已经差不多布满天空，夕阳的光剑努力穿过云缝。暮色苍茫，草原中充盈着舒缓强劲的生命律动。一头猎豹扬着尾巴飞奔，不过我觉得它的身形比150万年后的后代要粗壮一些，奔跑的姿势也不如后代们飘逸。猎豹捕到一只瞪羚，但立即引来了草原的强盗——鬣狗。猎豹怯懦地退却了，强盗们快意地大吃大嚼。十几只秃鹫扑打着翅膀缓缓落下来，等着享用鬣狗们的残余。更远处，一只雄狮也闻到了血腥，它鬃毛怒张，急速向这边跑来……就在这时，我看到了他们。

这是一个直立人家族，在暮色中分开草丛向这边走来，有30人左右。我调好望远镜焦距，镜头首先罩住了家族的头领。这是个45岁左右的男人（直立人的面容比现代人要老一些），全身赤裸，身体强健，须发蓬乱，一身肮脏的黑色体毛。他走路的姿势已经同现代人没什么差别，面容的差别则要大一些——两颊多毛，额部明显低平，眉骨突出。他手里拎着一根木棍，一端是削尖的。对这点我没有感到惊奇，我知道此时的直立人已经能制造精美的石斧和其他工具。后边有几个中年男人或年轻男人。剩下的都是女人和半大孩子，女人身上背着不多的杂物。队伍中好像没有老人。

我把望远镜倍数放大，又打开夜视功能，对准男首领的眼睛。我知道人或动物的目光最能反映他（它）的智力层次，但这次我没能得出肯定的判断。他的目光中没有死板、愚鲁、残忍这类属性，但也看不到灵智的闪耀，淡淡的目光在夜视功能下幽幽闪亮，随着他的行走，在暮色中拉出一道跳荡的水平绿线。他们走近了，食草动物们警觉地盯着他们，连狮群和鬣狗群也怀着相当的戒心。看来，这群直立人已经是此地常见的风景，动物们也承认他们属于草原的强者。

而且，这一小群直立人很快就要接过上帝恩赐的天火，开启智慧的大门，最后成为各色人种的共同先祖，成为地球的主人。

他们经过我所在的金合欢树，又走过一片刺槐丛，消失了。但我知道他们还会回来的——在闪电点燃某一株树木之后。我的任务就是在此守候那位率先盗取天火的人。

我打开对讲机，在静电的咝咝声中听到大卫的微弱声音："你好，夏娲。"

"大卫，我看到那个直立人族群了，一共31人。我有个直觉，盗火者应该是那个男头领。我在这里等他。"

朝闻道

"好的。"

"你吃过了吗?"

"吃了一点。我这边你不用操心。"

"好的,吻你。"我说,"大卫,如果你改变了决定,请在第一时间通知我。"

"一定。"我能感觉到他在那边缓缓摇头,"但我不会变的。"

几只高大的长颈鹿悠闲地甩着尾巴,走近我身下的这株金合欢,伸着长舌在尖刺中卷吃树叶。其中一只发现了我,小脑袋从枝叶中伸过来,用温顺的目光好奇地盯着我。我拍拍它的脑袋,它受了惊,长颈一甩避开了我,但过一会儿又把脑袋伸过来。我不敢在这儿多停留,闪电肯定要击中这附近的某棵树,没准就是我身下这棵呢,这一带就属它最高。我爬下树,找到一块儿台地把自己安顿好。为防止蚊虫骚扰,我钻进睡袋,把拉链仔细拉好,只留脑袋在外边。

乌云遮蔽了星月,夜色已重,远方的青色闪电不时把夜景定格。长颈鹿群仍停在原地,它们的身体已经隐入夜幕,但青光映出几只晃动的长颈,与不动的树干混杂在一起。在闪电击中那棵树之前,我无事可干,但心绪烦乱,此刻也无法入睡。我想到那台全息相机,便掏出来,按下开关。立时,小球周围形成了明亮的激光网。因为我自身也在光团之内,图像不好分辨。我把小球放远点。现在看清了,那是一位正在分娩的产妇——当然是我。她屈腿躺在产床上,肌肉紧绷,低声呻吟着。可能是难产,因为一双拿着产钳的手伸进画面之中。又过了几分钟,产钳夹着一个浑身血污的肉团团出来。他被交给另一双手倒拎着,哭出了嘹亮的第一声。

这就是我的儿子,我和大卫的儿子。我的喉咙似有什么梗着,胸膛被堵上一块柔韧之物。相机的激光照亮了一个小区域,儿子的身体轻盈地浮在绿草之波上,像是驭空飞翔的小天使。我想起了刚才那个直立人族群,他们是人类的先祖。百万年来,无数的小生命通过无数的产门来到世上,组成了绵亘不绝的血脉之河、生命之链。而我七个月后也将参与其中。

此刻,我心绪烦乱,不是欣赏这个小可爱的时候。我长叹一声,关上相机,开始思索大卫要我干的事。他想让我杀死直立人中第一个用火者,从而斩断(至少是推迟)人类智慧的进化之路。这个决定疯狂而荒诞,但我理解丈夫的心理脉络。他曾是科学教的虔诚信徒,并为此燃尽才智。这一代科学精英们成就了科学的大爆炸,在那段欢乐的日子里,自由王国似乎触手可及。可是——忽然一切都失控了。不是个别的失控,而是全面的失控。纳米技术引发了高科技时代的黑死病,基因技术引发了普遍的基因错乱,亚洲新一代粒子对撞机造成了一个微型黑洞,如今正在疯

朝闻道

狂吞食着地球的肌体,逼得我们不得不逃亡……于是,像丈夫这样的科技精英产生了强烈的幻灭感和负罪感。他要在临终前赎罪,甚至不惜让人类回到用火前的蒙昧时代——而且,他有这个能力,因为他正好握有一艘高科技的时间机器。

作为他的爱妻,我愿意帮他实现这个心愿。当然,我肯定不会杀人,我也不相信这样干就能斩断那条命定之路。但——我相信,在这个关键的时空节点施加一点干扰不是坏事,我祈盼它能多少弱化150万年后的社会大爆炸。

我会完成丈夫的托付,但在这件事上我俩其实只是同路人。

我努力抚平了烦乱的思绪,沉沉睡去。

狂暴的雷声把我惊醒,炫目的蛇形闪电连接着天和地。透过青光,我能看见金合欢的树干,看见几只慌乱摆动着的长颈。暴雨随即扑来,把世界淹没在狂乱的雨声中。我知道那个时刻快来了,就坐起身,从睡袋中掏出雨帽戴上,注意观察。凌晨,随着"咔嚓"一声炸响,一道闪电击中一棵巨树,正是我曾爬过的那株。巨树被拦腰劈断,缓缓落到地上,激起一声闷响。青光中,我看见几只长颈鹿疯狂地逃窜。倒在地上的树冠熊熊燃烧,即使暴雨也不能浇灭它。

暴雨过去了,天光渐渐放亮。那株巨树的残骸上仍有余火,浓重的白烟直直上升,到一定高度后被水平风吹散。我钻出睡袋向那边走去，很快便闻到了烤肉的香味和焦煳味。火堆中露出长颈鹿的一只后肢，它肯定是被倒下的树干压住又被大火烧死的。忽然，我发现在远处，在熹微的晨光中，那个直立人族群正急切地向这边跑来。也许他们的嗅觉更灵敏，在几里之外就闻到了烤肉的味道？我迅速藏到一丛刺槐后，观察着他们。

那个族群看到了长颈鹿的尸体，高兴地尖叫着。显然，他们不是第一次经历这样的幸运，他们没有耽误，立即围着尸体忙碌起来。女人们先用石刀割下小块儿的熟肉给孩子们，小家伙们兴奋地狼吞虎咽。男人们用石刀熟练地分割尸体，割开厚厚的鹿皮，割断坚韧的肌腱，把尸体分割成一人能够扛动的小块儿。虽然工具只是石器，但他们的动作相当快速。太阳升起时，尸体分割已毕，族人们扛上猎物，结队离开了。这当儿，周围聚集了一群鬣狗，但它们没敢靠前，可能是怕火，也可能对直立人有惧意，只是在圈外猖猖吠着。

这个族群离开了，鬣狗们向火堆围拢，准备享受残肴。这么说，并没有发生那件改变历史的大事，我不免感到困惑……但我忽然发现有两人匆匆返回，一人放下背负的鹿肉，用带尖的木棍赶走鬣狗。另一人是那位男头领，他也放下背负的鹿肉，盯着那堆余火，慢慢靠近。我的位置正在他的对面，中间隔着火堆。我悄悄端平望远镜，视野之中，火苗在那双眼睛中跳荡，使原本平

| 朝闻道 ——

淡的目光平添几分灵气。他犹豫着，欲进又停，欲停又进。他的基因中镌刻着对火的顽固恐惧，灵智中却萌生了对火的强烈渴望，两者正在激烈交锋。最终，新启的灵智战胜了古老的基因。他慢慢伸出多毛的手臂，试探着，小心地抓起一根前端燃烧的树枝，把它从火中抽出来。他把树枝擎得高高的，盯着前端的火舌，目光中仍有驱不净的恐惧。但无论如何他没有扔掉它，而是牢牢擎着。

另一个男人此时也忘了驱赶鬣狗，呆呆地立着，紧盯着他手中的火，目光中有更浓的惧意。

于是，在此时此刻，人类的新时代之门悄然地开启了。

我叹了口气，悄悄掏出激光枪，瞄准他擎火把的右手，一个小红点在他右腕上跳动。大卫说只有杀了他，才能"有效地"斩断这条路（连他也没说能"彻底斩断"），但我不会杀他的。大卫想让人类抛弃科学，完全回归自然，甚至回归到用火之前的自然状态，但他却是使用全然科学的手段来实现它，这样的干涉合乎自然吗？我摇摇头，放弃了脑中的这场驳难。这是一个悖论陷阱，甭想摸到底儿，还不如跳出来干点儿直观的事。我把激光枪调到弱挡，按下扳机，一束激光脉冲破空而去。这束脉冲足以在他腕部烧出一个焦斑，但不会造成更大的伤害。他痛楚地狂号一声，往我这边瞥了一眼，扔下树枝转身就逃。另一人跟着他撒腿逃跑，连地上的两大坨鹿肉也忘了捡起。

那根脱离了火堆的树枝又烧一会儿，火舌逐渐变小，最后变为白烟。

于是，那扇刚刚打开的新时代之门又"吱呀"一声关闭了。这次灼伤会给盗火者留下痛苦的记忆，甚至被他认为是上天的惩罚。也许，他今生不敢再"玩火"，也许在一段时间后，他会恢复勇气再度尝试……不管怎样，反正我已经对这个时空节点施加了干扰，可以对丈夫交代了。也但愿它能弱化150万年后那场劫难。

鬣狗们又狺狺着靠近。我的任务已顺利完成，便带上随身用品返回。我一边信步走着，一边想着如何把这件事（我没杀死盗火者）对丈夫说圆。沉思中，我回到了出发地，但是——眼前为什么没有我们的时空渡船？我仔细看看周围的方位，没有错，正是这儿，那五株扇椰树就在近边。我打开对讲机呼唤丈夫，但对讲机中悄无声息。须知，它的作用范围是100千米啊，莫非丈夫驾渡船离开了这片时空，独独把我抛下？不，大卫绝不会这样做的，以他虚弱的体力，他也没有理由这么做。

我在附近寻找，很快找到了我离开时留下的脚印。是穿鞋的脚印，所以只可能是我留下的，绝不会是那些光脚的直立人。但在脚印的尽头，那本应停着一艘时空渡船的地方却空无一物，甚至没有留下任何迹象，比如压断的树枝，地上留下的压痕等。我反复呼唤，对讲机里仍然是沉默。这沉默一点点地放大我内心深处的恐惧。我焦急地呼唤着："大卫，大卫，你在哪里？"

忽然之间，我全明白了。我的世界瞬时坍塌。

二　大卫

妻子走后，大卫勉强吃点东西就睡了。这一觉睡了很久，但一直睡不安稳。思潮在睡眠之河中暗暗涌动。他要妻子做的事是对他40年信仰的决绝反叛，那么，他这样做对吗？……浅睡中，他感觉到电闪雷鸣，感受到狂暴的雨柱拍打着船身，也感觉到一道闪电击中了附近的树木。这么说，那个时空节点应该快到了。

他想走出梦境，用对讲机向妻子问问情况。但他的体力实在太弱，意识指挥不动肢体。一直到朝阳初升时他才真正醒来。他打开对讲机呼唤妻子，但没有回应。那么，也许那位盗火者已经到了火堆现场，夏娲此刻不便回话。她看到对讲机的信号后，会主动回话的。

但他等了很久也没回音。他忍不住，又呼唤了几次，仍然没有回音。虽然从理智上判断不会出事，但下意识中一个小警灯开始悄悄闪亮。他强撑病体坐了起来，从环形观察窗向外看。天气已经大晴，天蓝得通透，几朵羽状白云悠然飘浮着。渡船旁边是那五株扇椰子树，在斜射的阳光下似乎显得更加高大。夏娲说这是一个非常明显的地标，所以她不大可能迷路。但大卫巡视一周后有点困惑——周围好像没有被闪电击中的树，因为视野中没有余火的烟柱。那么，昨晚他在恍惚中感觉到的纯粹是梦？

外出的妻子带着一整套高科技的行头，肯定不会出危险的——但正是这一点让他困惑。因为那件高性能的对讲机肯定不会出故障，在关机状态也有提醒功能。那么，妻子为什么迟迟不通话？

他的忧思被暂时打断，因为在左前方草丛中忽然出现两个直立人，手中各握着一根带尖木棍。他们显然是直冲着这儿来的，走得很快，边走边向这边指指戳戳。大卫机敏地悟到是怎么回事：是阳光，阳光在渡船的金属外壳上反射，方位正指向那个方向。他们一定是远远地发现了草丛中的奇怪闪光，于是过来一探究竟。昨晚，妻子说她发现了一个直立人小族群，这两人应该就是其成员吧。两人很快走近，走到大约20米外时放慢了脚步，警惕地盯着这边，手持尖棍一步一步地逼近。渡船的窗户是单向透光的，他们看不清里面，但大卫能清楚地看到他们：扁平的额部，突出的眉脊，赤裸的身体披覆着肮脏的黑色体毛，但比起黑猩猩来要稀疏。这正是人类在150万年前的"尊容"。

大卫静静地观察着。那两人绕着时空渡船转了几圈，对这个

| 朝闻道

从没见过的大个头物件十分好奇，当然也夹着惧意。一个人用棍子捅捅渡船，见没有动静，便大着胆子把手慢慢伸过来。大卫屏息等待着那一刻——"砰"的一声，那人被低压电流击倒。他尖叫着，左手护着受伤的右手，连滚带爬地逃离此处。另一个人也慌乱地逃离了。

大卫想，他们肯定会头也不回地逃走，永远不敢再回到这儿来。但他想错了。那两人没逃多远就停下脚步，心有不甘地回头望着这边，激烈地比画着，讨论了很久。大卫轻轻摇头，看来这俩扁平脑壳尽管脑容量不足，也有很强的好奇心啊。没错，好奇心——这正是人类的强大本性之一，有了它，人类才敢"玩火"。大卫不再关心他们，拿起对讲机重新呼唤妻子，仍然没有回音。这时，他听到尖厉的连绵不绝的叫声，是一个野人发出的，他把手指含在嘴中，鼓着腮帮用力吹着。没过多久，天边出现一群人影，有二三十人，大步向这边跑来。他们走近了，早先的两人迎上去，比画着什么，向这边指指点点。然后，他们合为一队走向这边。

大卫忽然震惊地屏住呼吸，瞪大眼睛——走在人群最前边的、首领模样的人是一个近50岁的男人。但他的形貌与别的直立人截然不同！首先，他身上没有体毛，皮肤黝黑光滑，仅在胸部和裆部有黑色体毛，与现代人完全一样。他走近了，大卫能看清他脸上也没有毛,而且额部饱满,眉脊不突出,完全是现代人的标准形貌。大卫仔细观察,甚至能从他的体貌中分辨出白种人的特征:眼窝较深,高鼻梁,蓝色瞳仁。但他披散的头发是黑色的,鼻梁挺直而不高,这一般是亚裔的特征。尽管他皮肤黝黑,但没有黑人的典型特征,比如鬈发、厚嘴唇和翘起的臀部。大卫感到非常奇怪,150万年前的直立人中怎么会有这么一个突变、一个异类?也许现代人(更可能是白色人种和黄色人种)的血脉之河正是从这儿流出来的?

大卫隔着单向玻璃近距离地观察他。那人看不到里边,但他一边努力向里看,一边保持着身体不与渡船接触,显然,刚才的两人已经向首领说明了这个危险。从这个迹象看,这个直立人族群的语言已经进化到了一定程度。那人的眼睛近在咫尺,蓝色眸子显得机警而威严,闪烁着智慧的光芒。大卫苦笑着想,多半此人就是那个盗火者吧。他不该让妻子把激光枪拿走。目标已经自己找上门啦,这会儿若有枪在手,打开窗户给他一枪,自己的事就办完了。

但渡船里没有其他武器,他只能老老实实地待着。

那人绕着渡船观察,大卫也随着他转动身体。忽然一声响,是他不小心把妻子放在手边的食物碰掉在地了。外面众人的听力很敏锐,都同时听到了这声轻响,齐齐向后跃出。跃到安全位置后，他们才回过头，惊慌地盯着渡船。众人中没有那个首领，原来他离渡船太近，转身跃回时一只手不小心碰上船身，被低压电流击倒了，而且击打得较重，此刻正在地上抽搐。其他人赶忙跑过来，把他拖到安全位置。

众人恐惧地盯着这个会咬人的魔物。首领被扶起来后也盯着这边，目光中有恐惧，但更多是狂怒。他在盛怒中做出了决定，一阵尖锐的喝叫之后，人群立即动了起来。一人快步离开，沿来路返回。其他人开始拔草，折树枝，收拢后堆到渡船旁。首领本人也怒冲冲地干着，他体态剽悍，又带着情绪，干得比别人更快。大卫有点奇怪，他们在干什么？要用草叶、树枝把渡船埋起来吗？不久，地平线上又出现了人影，这次是多达百十人的长队。肯定是刚才那个信使唤来的。这个部落无疑非常强大，妻子说它有 31 人，那她只看到了一部分。他们走近了，每人腋下都夹着一捆树枝或干草。抵达这里后，他们也把柴草堆到渡船周围。柴堆的高度已经半掩了渡船的窗户。然后，所有人都望着来路的方向，等待着。

按说，大卫已经能猜到他们的打算了，但由于思维的惯性——认为此刻的直立人还没有学会用火——大卫竟然没想到那个最明显的答案。他陪这些野人折腾这么久，体力已经难以支持。但眼前的事总该见到答案吧。他凝聚意志，坚持观察着。忽然，他奇怪地发现，"朝阳"正在慢慢落下——原来那其实是"夕阳"啊。自己的一觉竟然睡了一夜再加一整天？不该有这么久的，这让他心中隐隐觉得不踏实，那盏小警灯又开始闪烁。

　　暮色渐渐降临，渡船外的众人忽然出现一波喜悦的骚动，很多人指着来路的方向。大卫也极目望去，忽然震惊不已。他发现暮色中出现一个光点，它晃动着向这边趋近。现在能看清了，那是一支火把！火把的光芒照出了三个人的身影，都像是女性，两个年轻的扶着一位年老的。那是一位年迈的老人，步履艰难，所以她们走得很慢。

　　火把？所谓人类"第一次用火"的时空节点之前竟然有了火把？看到火把，大卫不由得苦笑着自嘲：傻瓜，你这个反应迟钝的傻瓜，直到这时你才知道这些扁平脑壳们是在忙乎什么——在为这个胆敢咬人的魔物准备一场严厉的火刑。要知道，他们已经有了"高科技"的火，拥有了世上最强大的魔力。他们要动用神火把魔物烧死，惩罚它竟敢对人类的王者不敬。

　　大卫苦笑着想，人类的天性倒是一脉相承的，刚学会用火才几天就有了足够的霸气。自己何尝不是如此？这十几年，他志得意满，以为自己能把自然玩弄于股掌之中。相比之下，这群扁平脑壳至少对"火"还保持着敬畏。刚才大群人马来时没顺便把火种带来，而是捺住性子等这位步履蹒跚的老妇人，足见他们对火的尊崇。老妇人很可能是部族的女巫，只有她才掌管着用火的权柄。当然，这场火刑很可笑，高科技的时间渡船可不怕温和的柴草之火。那就耐心等下去吧，等着这些野人离开后再设法和妻子联系。大卫静下心来，等着擎火把的三个妇人走近。

忽然——真正的震撼降临了。

三　夏娲

就在这一刹那，我明白了，我的世界瞬时坍塌。

大卫和我都太糊涂，主要怪我们这次的时空穿梭太仓促，没把事情想透。我们来到这个时空节点，想施加干涉以影响150万年后的世界。我们想当然地认为，这种作用不会影响到"已经处于本时空"的时空渡船。但我们错了。时空渡船虽然处于本时空，但它的根儿是扎在150万年后的。所以，此处的扰动将会经过150万年的两次传递再作用到时间渡船上。这样想来，我昨晚射出的那束激光足以让这艘渡船漂移到恐龙时代，或干脆漂到外星球——但为什么我还在这儿？我为什么会留下一串脚印，但却在某处突然中断？

打住。夏娲你甭想弄懂这些。时空穿梭本来就建立在深刻的佯谬上。而且，夏娲、夏娲，我在心中苦声呼唤，你没有时间陷入玄虚的驳难，你还有更为迫切的事要干哩！

我的孩子。

此前,我虽然和大卫万年迢迢地来到这蛮荒世界,但心理上并未对此看得太重。我们就像是去非洲荒原上观看野生动物的阔佬,身后有一根粗壮的链条连着文明世界。现在,这根粗壮的链条忽然断了,不,完全消失了,甚至连带抹去了我的丈夫。只剩一个26岁的、高科技时代滋养下的精致女人,孤身留在150万年前的蛮荒世界——不,如果真是孤身一人倒好办了,大不了一死而已。但现在是1.3个人!还有一个3个月的胎儿!

荒野的神灵,你救救我吧,不要让一个年轻女人在绝望中疯狂下去。

我没有疯。我没那个资格。我的慌乱只持续了半个小时,也许只有10分钟。然后,旧日的我訇然溃散,一个赤裸的女野人从旧壳中走出。旧日的我——生长于高科技世界,文明崩溃后的悲怆,我对那个世界的责任,我对重病丈夫的心疼和俯就,乃至我对美食、音乐、首饰和时装的眷恋,我对自身美貌的自恋……如此等等的一切都在刹那间碎裂。现在,这个女野人的精神世界中只剩下三个字:活下去。

为了自己,更为了孩子。

我在刹那间建立的目标甚至比这更深远。我身边带有一整套能使用50年的高科技行头,它们并未随时间渡船一同消失。凭借着它们，在荒野中生存下来并把孩子养大并非难事。但此后呢？等待丈夫的搭救？我绝不能寄望于这个肥皂泡。那么等我死后，孩子将孤身一人？他与谁结婚生子？当他在绝对的孤独中疯狂时，又有什么能让他借以逃离，责任、亲情和爱情？

答案非常明显：唯一的希望就在那个直立人族群。尽管他们身上有黑色长毛，他们额部扁平，脑容量不足，他们眉脊突出，脸上长毛，他们粗野污秽，但至少血缘与我是相通的。我只有（带着腹中的孩子）设法融入这个野人族群。命运对我毕竟还算仁慈，在壁立千仞的绝望中还留下这么一个小小的出口。我只能以感恩的心接受它。

朝阳升起时，我已经彻底完成了蜕变与新生。我最后一次用对讲机呼唤，仍然没有声音，便毫不怜惜地抛弃了它，我决不容许自己再把时间浪费在虚无的希望上。我狠心抛弃的还有其他用具：激光枪、望远镜、猎刀、睡袋……做出这个决定的是直觉而不是理智。理智告诉我，应该保留这些极为宝贵的用具和武器，它们可以大大增加我的生存概率，甚至能助我在野人族群中占据王者之位。但直觉告诉我，在一个蒙昧族群中使用这些东西是反自然的、鲁莽的，它可能带来无法预见的潜在危险。比如说，如果族群习惯于依赖这些神物，而它们却不可避免地耗尽能量，那时该怎么办？凭我一人之力，我肯定没有能力让一个蒙昧种族一夕之间跃升为智人，只好让自己（和孩子）向下沉沦，以适应它。

扔掉这些东西后，我又脱去衣服，全部脱光。生活在野人群中不需要衣服，这样才能抹平我与野人们的鸿沟。虽然想起从此要永别这些"女人之爱"，难免心中作痛，但我没有任何犹豫。记得一位成功的野生动物学家说过，要想和野生动物真正贴合，你只有像它们那样四肢走路，像它们那样撕扯食物，像它们那样赤身裸体。虽然我将面对的是野人而不是野兽，我还是照他说的去做吧。只是在脱鞋时，我犹豫了，不过只是因为实用主义的原因：我未经磨炼的嫩脚板肯定受不住荒原的土地、荆棘。但没有办法啊，我不愿把这个古怪的玩意儿带进那个光脚的族群。而且，说白了我没有第二双鞋子和第二身衣服，早晚得走这一步。晚走不如早走。

衣服脱光了，我看着自己白皙光滑的胴体苦笑。它漂亮而精致，但一点儿不实用，我倒是希望进化之神能让我重新生出御寒的体毛，那就谢天谢地了。

我没舍弃的只有两件：打火机和全息相机。打火机在我随后准备实施的计划中有特定的用处；全息相机是我同丈夫和儿子唯一的羁绊（我是指原时空中那个水晶雕像般精致的儿子，而不是今后的小野人）。我从内衣上撕下一块布，把二者仔细包好，用裙带斜挂在胯部。这对野人们来说仍是古怪的东西，但就让我保留这唯一的奢侈吧。

| 朝闻道

新生的夏娲在那堆灰烬前等待。我抱着微弱的希望,希望那个野人首领(为方便记,以后叫他野亚当吧)还没有完全死心,还会再来火堆旁看看。至于他来后该怎么办,我已经有了周密的腹案。如果他不来,我再去找他也不晚。

谢天谢地,我的预感没有错。野亚当又来了,而且这回只有他一人,估计他是有意独自前来,不想在部众面前重现昨天的狼狈。他能在一夜之间克服恐惧只身前来,我不由得佩服起他的勇气。显然,他对昨晚的受伤心有余悸,离火堆很远就站住了,警觉地看着四周。这次,我没有躲藏,从树干后主动现身,在脸上堆出"最雌性"的笑容。

野亚当惊愕地发现了我,一个无毛的、皮肤白皙、形貌妖异的雌性。他立时收住脚步,紧握木棍,把棍尖对准我。我猜想昨晚他受到枪击时可能瞥见了我,所以他目光中有浓重的敌意。我对他的敌意坚持报以友好的笑容,并在笑容中尽可能加进柔媚。他紧紧地盯着我,但我拿不准自己在他的眼中是什么形象,是一个比女野人性感漂亮的异性,还是一个白化病人?

不管怎样,我一直坚持笑着,但他的敌意似乎没有减弱。不过不要紧,我还另有招数呢。我向他招招手,向火堆走两步。他没动。我再招招手,再向火堆走两步。然后我俯下身,把整个后背留给他。这意味着对他的信任,陌生的野人之间绝不会这样做。

我在火堆旁鼓捣了好久。他终于忍不住好奇心，向这边走了两步，伸长脖子向前看，但棍尖仍警惕地朝向我。等把他的好奇心撩拨到足够程度，我站起来，回过身，满面欢笑，手中擎着……一束枯枝，火苗在枯枝前端欢快地跳跃。

野亚当呆住了，目中顿时消去敌意，代之以敬畏和欣喜。他紧紧盯着我手中的火焰。

我笑着把火把递过去。他立即后退一步，反倒恢复了戒心。我知道自己做错了，有点操之过急，更不该把这事弄得像是对他的恩赐。我应该设法把这个赠予弄得更自然一些，熨平他雄性的自尊心。于是，我让擎火把的右手抖一下，火把歪了，燎着了我的左肘。我惊呼一声扔掉火把。它落在地上，与雨后的湿地接触，发出轻微的咝咝声，火焰慢慢变弱。我佯作惊慌地盯着它，同时用余光看着野亚当，揣摩着他会不会抢救火把。如果他一直不动手，火焰熄灭前我将不得不拾起它……在火焰快要变成白烟前，他终于弯下腰，小心地拾起火把。脱离了湿地的火焰立即熊熊燃起。

他傻笑地擎着那团火焰。我也"咯咯"傻笑着，用崇拜的目光看着他，心中则轻松地叹息一声。此时此刻，新时代之门在因我的干扰而关闭之后重新开启了。历史之河稍稍走了一点弯路，但很快裁弯取直，留下一个小小的弓形湖。我不由想起大卫，有点心酸。他借助时空渡船打算抹去这个时空节点，我帮他实现了。

但我随后又把该得的火还给野亚当，抹去了这段人为干涉，恢复了历史的原貌。

也不全是原貌——这团火并非来自于天火，不是那堆灰烬的复燃，因为那个火堆已经熄透了。这团火是我躲开了野亚当的眼睛，用打火机点燃的。

但我对大卫没有愧疚。我这样做是为了孩子，我们两人的孩子。一个母亲为孩子而做的任何事情都是天然正确的。大卫对科技的突然反叛，突然萌生的回归自然的愿望，都是偏于概念化的东西，当它们与现实的顽石相撞后肯定会碰得粉碎。什么是现实？现实就是我们母子如今生活在野人群中。我想让儿子吃熟肉，想让他在晚上睡觉时有一个防御猛兽的火堆。就这么简单。但这个简单的需求又无比强大，强大得足以撞碎一切理性的阻挡。我们会牢牢守着这堆火，一代一代地活下去，哪怕它会带来150万年后的社会爆炸。

我小心地盯着野亚当擎着的火把。尽管在原历史中，正是野亚当开辟了用火之路，我还是担心他缺少经验而使火把熄灭。我从火堆中捡了几支大小合适的焦枝，递给他。这次，他顺顺当当地接受了，把它们并在原来的树枝边，火焰立即大大加强。他那未脱蒙昧的心智充分理解了这团火的重要，随手扔掉那根带尖木棍，用双手虔诚地擎着火把，转身回家。我自然不会瞎等男士的邀请，便拾起他扔掉的尖棍，又收集一抱焦枝，顺理成章地跟在他后边。他斜眼看看我，没有什么表示，仍小心翼翼地捧着火把前行。

我心中一阵轻松，知道自己已经被他接纳了。

我的赤脚实在难以对付荒原的荆棘。尽管我咬牙忍痛，仍不免一瘸一拐，落在野亚当的后面。那个脑容量不足的家伙竟然有足够的细心，注意到了我的落后，便停下脚步等我。我匆匆赶上时，他正不耐烦地倒换着脚步。看来他急于在族人面前展示手中的神物，不过还是强捺着性子等我。就在这时，我心中突然涌出潮水般的感激之情。

族群的家原来安在刺槐丛边，那是一片被踏平的草丛，背对着绵亘不绝的刺槐。男人睡外边，女人和孩子睡里边。这当然是为了防御野兽。家的最里边堆着昨晚运回的鹿肉。今天可能因为首领不在，食物也足够，所以他们全部在家，没有出去觅食。这会儿，大家看见首领回来了——而且手中捧着可怕的火焰！身后还跟着一个形貌诡异的白色妖孽！所有人都跳起来，惊惧地盯着两件凶物。

野亚当走进人群，努力讲说着，不知道是在讲"火焰"，还是在讲我。那是一种不连贯的语言，带着弹舌音和吸气音，基本为单音节。他说了很久，但族众依旧茫然。这不奇怪，此时的语言中肯定没有"火"的概念，是不好讲清楚的。

我尴尬地站在人群之外。族众看我的目光中饱含敌意，特别

朝闻道

是那些中年女人。但我早就筹谋好该怎样化解它。我默默走到一旁，把怀中抱着的焦枝架成圆锥形，让其中央是空的。在我干这件事时，周围没有声音，但我感觉到有 30 双灼热的目光烙在我的后背上。焦枝架好了，我走近野亚当，讨好地笑着，向他讨要那束火把。野亚当困惑地看着我，犹豫着。但他一定想到最初是我把火焰驯服的，便不大情愿地交给了我。我把火把塞到焦枝堆中，火焰在树枝缝隙中试探地舔着，腾跃着，轰然一声大烧起来。野人们慌乱后退，有小孩儿在害怕地尖叫，可能是火花迸到了身上。我默默走过人群，去里侧取过一块带骨的腿肉，又走回来，放在火焰上烤着。族众又慢慢围上来，个个屏住气息，盯着我的手。

肉很快烤熟了，香气四溢。我走过去，把熟肉献给野亚当。他定定地盯着这块肉，很久不接。我保持着笑容，一动不动地举着它。终于，他接了过去，咬了一大口，立即露出狂喜的表情。他想了想，把肉撕开，分给几个小野人，小野人们立即大口吞吃，个个欣喜若狂。

野亚当抱着几块肉过来，交给我，自然是让我继续烤肉。族众的目光不再带有敌意，而是转为期盼。我轻松地想，整个族群已经接纳我了。

夜里，我睡在人群外侧，最接近火堆的地方。一时难以适应命运的突变，再加上还要照顾火堆，所以我彻夜难眠。族众都睡得很熟，但当我起身添火时，只要稍有动静，立时有七八个脑袋仰起，七八双眼睛警醒地打量着四周，这中间肯定有一双是野亚当的。

天已经大晴，河汉低垂，繁星如豆。荒野沉浸在森冷的静谧中，偶有一声鸟啼、狮吼也打不破它。极目所至是无尽的黑暗，只有一个小小的金色火堆。火焰跳荡着，小心地舔着夜色。它太微弱了，似乎很快就会被黑暗窒息。但我知道它不会熄灭，它其实比黑暗强大。它会一直烧下去，直到叫醒人类的蒙昧——再一直走到22世纪的社会大爆炸。

这才是人类史的自然状态？是大卫和我曾用时间机器和激光枪中断过的、我又用打火机接续上的自然状态？想起是我一人促成了方向相反的两次大转折，我总觉得有些讽刺。我想着丈夫，痛苦地思念着他。大卫，我违逆了你的意愿，你怨恨我吗？此刻，在我睡在野人群中的第一夜，你随着时间渡船又漂流到了哪里？

第二天，族众照例出去觅食。族群中没有太小的孩子，所以全员出动。我忍着双脚的剧疼也走进队伍中。走前，我添足了柴，但我担心火堆坚持不了一天。当然，打火机还在我胯部的布包里，但上次用它点火是在特殊情况下。若非万不得已，我不会再重复了。在这个蒙昧族群中，我决心彻底回归自然，抛弃一切科技之物。野亚当一定是注意到了我回望火堆的目光，他想了想，把我

| 朝闻道

从队伍中粗鲁地拉出来,指指火堆,吼吼地喊了几声。我顺从地点点头(但愿史前人也知道点头的意思),留下来照看火堆。我不由对野亚当生出钦敬之情。他的扁平脑壳倒也有足够的智力,敏锐地抓住了新时代的关键,那就是——在居住地保持一个不灭的火堆。

这可以说是人类史上最重要的发明。此后,在上百万年漫长的历史中,尽管人类向世界各地扩散,但这始终是各部落不变的传统,在各大洲漫长的暗夜中,一个个小小的火堆守护着人类的文明。

晚上,这支队伍拖着长长的身影回来。野亚当给我一只兔子,我想,他是想让我烤给孩子们吃。我把兔肉烤熟了,交给野亚当。他撕下两条后腿首先给我。我赶忙看看四周的族众,怕他给我的特殊待遇让其他人生妒。但是没有。他人目光漠然,没有赞许也没有敌意,几个孩子没有看我手中的后腿肉,只是贪馋地盯着剩下的熟肉。这意味着,这两只后腿肉是守火堆者应得的报酬。其实今天我已经用野果、鸟蛋填饱了肚子,但我感激地接过它,大口吃起来。

荒野唤醒了我基因中深埋的本能,我在几天内完全习惯了这儿的生活。那个在22世纪温室中长大的精致女人完全恢复了野性。我还打算彻底抛弃理智上的清醒(它太痛苦),尽快让心智向下沉沦，达到和那些女野人一样的层次，这对我才是最保险的生活。但在这之前我不得不玩弄一点儿计谋——为我的儿子。

7个月后，我将生下这个儿子，蓝眼珠、黑发，额部饱满，眉脊低平，浑身无毛，皮肤白皙。他在这个直立人族群中绝对是个形貌怪异的妖孽。这个族群已经接纳了我，还能不能接纳这个婴儿呢？也许能，也许不能。但我绝不能心存侥幸。我必须未雨绸缪，把儿子置于万全之地。

至于如何办，我苦笑着想，也早已成竹在胸。文明时代的生物学家们说，女人是雌性动物中唯一没有周期性征的，这是一种进化策略。因为人的婴儿过于柔弱，只能靠男人的保护。而最好的做法是让一群男人都以为婴儿是他的后代。女人没有明显的周期性征就是为便于行使欺骗。

我要趁身孕不明显，加紧实施这样的欺骗。这个族群是群婚制，我会坦然接受它，不过第一个要征服的男人当然是野亚当。那是最合适的人选，有助于我儿子获得较高的地位。我这样做其实算不上阴谋，因为其他智力低下的女野人都是这么做的，不过她们是依据本能，而我是依据智慧。所以不妨这样说：何时我能比照她们的水平，使智慧充分萎缩而让本能足够茁壮，我就不必活得这么累了，一切都将自然而然地顺流而下。

也许在上帝的目光中，现代人的精妙心计也不过如此。

| 朝闻道 ____

　　我决定在今晚就去找野亚当。白天，族人们出去觅食，我仍看守火堆。我从布包里取出全息照相机，打开它。我遗憾地发现，相机中和儿子有关的录像原来就那么一段，可能是丈夫在偷窥未来时及时自省，中止了犯罪。我一遍一遍地看着，泪珠在腮边滚落。

　　相机中其他内容都是我和大卫的两人世界。我们在出席高档宴会，我穿着漂亮的晚礼服，裸露的后背如羊脂玉般润泽；大卫揽着我立在高山之巅，脚下翻卷着无边的云海，这应该是在西藏拍的；丈夫为我庆生，鲜艳的奶油花上25只蜡烛跳荡着金色的小火苗；然后是我俩身着廉价的衣服混迹在大排档的吃客中，躲在角落里大吃大嚼；……

　　我整整看了一天，不时抹去腮边的泪珠。荒野千里，风吹草低，身边的火堆安静地闷燃着，白烟袅袅上升。十几只鬣狗颠颠地跑来。我不想让它们中断我的观看，就从火堆中抽出一支长枝，做好防卫准备。但鬣狗并没有打扰我，它们被这团变幻的白光迷住了，都蹲坐在后腿上，痴痴地看着，目光愚鲁而好奇，我甚至感受到了其中的温馨。

　　夕阳沉落在晚霞中，族人们该回来了。我叹息一声，关了相机，随手抛到远处。鬣狗们立即蹿起来，争着叼那个球球，很快跑远了。也许鬣狗们不会咬碎这个玩物吧，那么，也许150万年后,某个考古学家能从非洲某处地下挖出它吧。

但我不能再让它留在胯边的布包里。大卫和野亚当这两个男人不应共处。

夜里,我把火堆上的柴添足,摸到野亚当身边。

7个月后,我生下了儿子。分娩时刻是白天,仍是我一人在家。没有全息相机上记录的难产,也许这得益于我几个月来在荒野的颠簸。我挣扎着咬断脐带,用早已备好的软草擦干儿子身上的血污,将他紧紧地抱在怀里。我没有给他起名字,他的一生中用不上这个。令人欣慰的是,也许因为族群已经看惯了我的怪模样,所以平静地接受了这个无毛小怪物。仅在此后野亚当对他明显偏爱时,有些女野人会恼怒地吼叫,然后把邪火撒到我和孩子的头上。不过,这样的小小恶行是可以理解的,我会护着儿子,与她们凶恶地对吼,但从没放到心里去。

我的儿子出生在一个错误的时间。其他女野人由于本能的指引,都是在旱季怀孕、雨季分娩,这样母子容易获得充足的食物。我的儿子却赶在旱季前出生,偏又赶上一个特别漫长的旱季。

在整个严酷的旱季里,这个小生命一直在同死神搏斗。族群中的男人们,尤其是野亚当,为了帮我们母子找食物真是累惨了。当然,这并非出于高尚,而是出于自私本能,以他们的智力,认识不到这个无毛的白色小怪物不是自己的血脉。但……其实这种自私就是高尚，是这些蒙昧心灵中最闪亮的东西。我对他们满怀感恩之心。

我们母子俩终于熬到第一场雨水来临，绿草和兽群似乎一夜之间忽然冒出来。所有族人都像瞪羚那样蹦跳撒欢，吃饱喝足的儿子"咯咯"笑着，而我也学会了像女野人那样狂喜地尖叫。

四　大卫

火把下那三人让大卫经历了真正的震惊。那是三位女性，两个年轻直立人扶着一个80岁左右的老妇——大卫在下意识中并未称她为直立人。因为她同刚才那位男性首领一样，明显是现代人的体貌特征，额部饱满，眉脊低平，浑身赤裸，肤色黝黑，没有体毛。她背部佝偻，眼神混浊无光，双乳已经极度萎缩。头上是稀疏的白色乱发，下身围着一条短裙——不，不是短裙，只是一条宽带系着一个布包，布包明显久经沧桑。她的面部深镌着稠密的皱纹，几乎覆盖了真正的面容。纵然这个老妇与年轻美貌的夏娲没有任何相像之处，大卫还是凭直觉认出了她。他朝对讲机脱口唤道："夏娲？夏娲？"

没有回音。对方手中没有对讲机，身上也没有可以装对讲机的地方。但大卫不怀疑自己的判断。他在刹那中猜到真相——妻子受他之托去杀死采天火者,她对本时空的干涉通过150万年的两次反射影响到本时空的时间渡船。影响倒是不大,渡船仍保持在原来的空间位置,只是时间向后漂移了大约50年。他真该死,竟然没提前考虑到这种可能,即使他病入膏肓、神思昏沉,这样的愚蠢错误也不可原谅。他回头看看那五棵呈五边形排列的扇椰树,没错,它们的相互方位没变,但50年后的树身明显粗大多了,刚才他在下意识中其实已经注意到这一点,只是把它忽略了。还有,难怪他印象中的朝阳变成了落日,现在并非抵达本时空的第二天清晨,而是50年后的某个傍晚。

他再度观察来人。两个年轻女子中,有一个完全是野人体貌,擎火把的另一个则拥有现代人和直立人的混血特征。大卫迅速理出了事情的大致脉络:在时空渡船漂移走之后,孤身一人陷在本时空的夏娲不得不加入到直立人族群中,艰难地活下来,并带大了他俩的儿子(就是那位想烧死自己的男首领),又和族群中的男人们至少生下一个女儿。这50年来,这个族群可能一直在本地求生,也可能到处迁徙,只是最近刚好转移到这个区域。然后当渡船从时间中凭空而降时,族群成员发现了它。

可怜的夏娲,可怜的儿子。

还有,可怜的大卫。

朝闻道

突然逝去的50年岁月像一条突然结冻的冥河，把大卫的意识冻僵了。他想赶快起身，打开舱门把夏娲（还有她的儿女们）迎上来。但他被魇住了，一动不能动。他看见男首领对老妇说着什么。老妇颤颤巍巍地走过来，浑浊的老眼看清了柴草之下的渡船，立时眼光一亮！但亮光随即转为茫然，她陷入苦苦的思索。大卫推想，也许她萎缩的神智已经忘了时间渡船，仅在记忆深处有一点模糊的印象而已。老妇伸手去摸渡船，儿子赶紧劝止她，但老妇摇摇头，固执地把手伸了过来。就在她的指尖快要接触到船身时，大卫总算反应过来，一把摁断了低压电防护系统。老妇摸到船身，安然无恙。男首领愣一会儿，也试探着摸摸，没有事儿。第一个被击中过的男人不相信，小心地伸手摸摸，也没事儿。一群人欣喜若狂，围着老妇欢呼起来。

无疑，他们认为是老妇的法术显灵了。

老妇围着渡船走着，趴在窗户上急切地向里看。单向窗户里，大卫隔着咫尺之距看着她浑浊的眼，不知道自己该不该出去。在50年的漫长人生中，夏娲显然已把根深深扎在野人社会中了。她严重衰退的心智中恐怕已经没有大卫的存身之地。那么，在她生命之烛将要熄灭的时候，突然强行把她拉出这个熟悉的世界，是不是太残酷？

但老妇分明已被激起了比较连贯的记忆。她表情激动，围着渡船蹒跚地转着，摸着。然后，她想到什么，盼咐那个混血女人解开她胯部的布包。布包很紧，费了很长时间才解开。所有人都期盼地看着，显然他们从没见过其中的内容。老妇从中取出一个小物件，虔诚地捧在手中，面向渡船，嘴里喃喃地说着什么。大卫听不懂，他以为那是野人的语言。但他忽然听懂了，老妇的声调相当怪异，但她分明是在念诵：

"大——卫，我——是——夏——娲。大——卫，我——是——夏——娲。"

大卫的泪水汹涌而出。他辨清夏娲是在说她的母语。只是50年没用过，尤其是没有群体语言环境的自动校正，她的汉语发音已经严重不稳。

但她在呼唤丈夫。她还记得这个亲切的名字。

她手中的小物件也看清了，是那只长效的压电式打火机，外表依然簇新闪亮。夏娲在几十年的奔波中保留着它，无疑是作为一种象征，象征着她同逝去世界的联系。至于其他物件估计都已经遗失了吧。到了此刻，大卫大致理清了历史的脉络。50年前，妻子肯定按丈夫的嘱托杀死了第一个采火者（没有这桩对时空的干涉，时间渡船就不会有漂移）。但她和儿子也因此陷入本时空之中。此后，为了儿子能吃上熟肉，她肯定又把直立人的用火历史重新接续上了，说不定就是用的这只打火机。

朝闻道

所以，那个关键的时空节点并没有改变，最多有短暂的推迟。而且有夏娲做技术指导，直立人的用火进程说不定比原历史还要快一些。

大卫唯有苦笑。他不怪夏娲。要怪只能怪自己的狂妄，妄图借用时间机器，单枪匹马地改变历史。历史没有改变，唯一的改变是命运之神对他的惩罚，让他在一夜之间失去了妻子的50年。

男首领走了过来，指着渡船，同母亲说着什么。老妇也指着渡船说了一会儿。然后，首领下令，众人开始把刚才扒散的柴草拢回到渡船上。大卫一时有些困惑，现在这个首领，他的儿子，不会再对时间渡船使用火刑了吧，那他要干什么？忽然，大卫明白了。那个首领此刻是在恭顺地执行母亲的意愿。衰老的夏娲肯定已经忘了时间穿梭的概念，她以为渡船是50年前的遗留，而丈夫早已逝去。她想为亡夫补行火葬。

大卫的泪水汹涌而下。到了此刻，他已决定不在夏娲前露面了，对夏娲来说这应该是最好的结局吧。虽然此刻他俩近在咫尺，实际已经分处于异相时空，无法相合，那又何必打乱她余生的平静。她形貌枯槁，这50年肯定饱受磨难；但她受族人尊敬，儿女双全，精神世界应该是丰满的，那就让她留在这里度过余生吧。至于那位比自己还要大十岁的儿子，也让他留在这个时空里，继续做他的王者吧。

直立人对在荒野放火显然很有经验。男首领把食指在嘴里含了一下，又高高举起，判明了风向。他让族人把母亲扶到上风头，从妹妹手里接过火把，准备点火。正在这时，老妇高声制止了他。老妇颤颤巍巍地走了过来，手中擎着那只打火机。大卫知道，她是以这种特殊方式来追念丈夫。老妇一下一下地按着打火机，可能手指无力的缘故，打火机迟迟没有打着。她终于打着了，一团橘红色的火焰在薄暮中闪亮。她绕渡船转了一圈，在多处点着了柴堆。火焰腾空而起，发出噼噼啪啪的爆裂声。火舌包围了渡船，又顺着风向在草地上一路烧下去，映红了半边夜空。在火舌完全隔断视线之前，大卫见老妇用力扬一下右手，那颗发亮的打火机飞入火堆中。

伴着漫天的野火，火场外的人群疯狂地扭动着身躯，双手向天，齐声吼着一首苍凉激越的挽歌。

大卫长叹一声，按下了渡船的启动键。

第二天，族人出外打猎时又经过了这里。他们看到烧黑的草地呈三角形扩展得很远，但在最先着火的地方，在厚厚的柴草灰烬中，没有留下任何残骸，那个会咬人的、让女巫奶奶伤心痛哭的魔物，肯定被完全烧化了。